睦月影郎

時を駆ける処女

実業之日本社

実業之日本社文庫

時を駆ける処女　目次

時を駆ける処女

第一章　未来美女の淫ら指令

1

（さあ、今日も抜いて寝よう……）

午前一時、登喜男《ときお》は今日の分の勉強を終え、パソコンのスイッチを入れた。

六畳一間のアパートにテレビはなく、外界との繋《つな》がりは、このデスクトップのパソコンだけである。

川越《かわごえ》登喜男は十九歳、浪人一年目で鎌倉《かまくら》の実家を出て、都内で一人暮らしをしていた。

あまり予備校には行っていないが、二浪するわけにもいかないから、それなりに計画を立てて受験に取り組んでいた。

しかし気持ちを切り替えると、思うのは女体のことばかり。何しろまだファーストキスさえ未経験の、完全な童貞なのだ。

高校時代は文芸部に所属し、女子もいたが片思いばかりで、もっぱら妄想オナニーに明け暮れていたのである。

今も、特に思う女性はいないが渇望ばかり膨らみ、バイトでもして風俗へ行こうかとも思うのだが、まだ果たしていなかった。

要するに、させてくれる女性なら誰でも良いのだ。だから毎晩、ネット画面で無料エッチサイトを見ては、日に二度三度と抜いていたのである。

小太りで色白、スポーツはまるでダメなモテないタイプだが、性欲だけは旺盛で、せんずりの名の通り、射精回数は年間一千回をキープしていたのだった。

(どんなサイトにしようか……)

登喜男はマウスを片手に画面に見入り、左手では勃起したペニスを露出させた。

好みなどはない。エロなら何でも、スカトロだろうがホラーだろうが大丈夫だった。強いて言えば、まだ女体の匂いも知らないのでフェチックなものが好きだった。

前に、テレビ画面から女性が這《は》い出《だ》してくる有名なホラーがあったが、あんな良いことに巡り合いたいものだと年中思っていた。

と、画面に長い黒髪の美少女が現れた。

「わあ、可愛《かわい》い」

登喜男は思わず声に出して言った。中高生ぐらいだろうか、整った顔立ちに清らかな雰囲気があり、何と和服を着ていた。

「どうも有難う。私は恵夢《えむ》」

「え……？」

何やら返事をされたようで、彼の頭の中に恵夢という漢字まで伝わってきたのだ。

「でも私はもう三十歳なのよ。じゃ、これからそっちへ行くわね。川越登喜男君」

彼女が言うなり身を乗り出し、まずは両手をモニターから突き出し、顔まで出してきたではないか。

「うわ……！」

登喜男は声を上げ、思わず椅子を倒して後ずさったが、その手を彼女が摑《つか》んできた。

温かく、柔らかな感触が伝わり、登喜男は彼女が生身であることに気づいた。

「ど、どうして……」

「説明はあと。さあ」

恵夢に言われ、登喜男も彼女の腕を支え、懸命に引っ張り出しはじめた。何しろモニターは二十一インチだから、人が一人出てくるのは大変である。

長い黒髪がサラリと外に流れると、あとは片方ずつ肩を出して、比較的楽に出てくることが出来た。

ふんわりと生ぬるく甘い匂いが漂い、登喜男は必死に彼女の肩を抱き、引っ張り出しながら身体《からだ》を支えた。

しなやかな髪が甘く香り、懸命に這い出してくる彼女の湿り気ある吐息は甘酸っぱく匂った。

登喜男は萎縮しかけたペニスがまた雄々しく勃起してくるのを覚え、やがて恵夢が完全に出てくると机から落ちて、一緒に万年床に倒れ込んだ。

「手伝って、狭いわ」

「ああ、やっと出られたわ」

恵夢が言い、登喜男が振り返ると、もうモニターは通常の画面に戻っていた。

彼女は布団に座って乱れた髪を直し、登喜男もあらためて美しい顔と姿を見た。

実に可憐《かれん》だが、見た目は十代半ばでも、本人は三十歳だと言っている。

「い、いったい、恵夢さんは……」

「呼び捨てでいいわ。私は二十五世紀から来た時間局員」

「み、未来人。着物なのに……」

「これから江戸時代へ行くところだから。君と一緒に」

「江戸……」

登喜男は呆然《ぼうぜん》と向かいに座りながら、露出したペニスをしまうことも忘れ、この非現実な状況を懸命に把握しようと努めた。

母親以外の女性と差し向かいで話すなど、生まれて初めての経験だった。

「江戸へ、何しに……」

「江戸だけじゃないわ。各時代に飛んで、五人の女性を妊娠させて欲しいの」

「へ……？」

「その五人の子孫は、未来を担う大事な人物たちなのだけれど、各時代に時空のずれが生じて、誰かが妊娠させないといけなくなったのよ」

恵夢が、つぶらな瞳で真剣に訴えかけた。

「なぜ、僕が……」

「調査の結果、君の精子が最も妊娠しやすく五人との相性が良くて、しかも性欲旺盛。少々非現実的な事態に直面しても、性欲を優先させるタイプだわ」

確かに今も勃起が治まらず、モニターから出て来た美女と平然と話しているのである。

「に、妊娠させろと言われても、相手がどう思うか……」

「それは大丈夫。私が準備してきたから、素直に受け入れてくれるわ」

「それに、僕はまだ経験が……」

「いいわ、見て」

彼が言うと、恵夢は布団に仰向《あおむ》けになり、裾をめくって両膝を全開にしてくれた。

「わ……」

大胆なポーズに驚きながらも、登喜男は思わず屈《かが》み込《こ》み、近々と美女の股間に顔を寄せて目を凝らした。

白くムッチリとした内腿《うちもも》の間には、楚々《そそ》とした恥毛と丸みを帯びた割れ目があった。

「ここへ入れて動けば良いだけよ」

恵夢が言って、自ら指を当てて陰唇をグイッと開いてくれた。

細かな襞《ひだ》が花弁状に入り組む膣口《ちつこう》が息づき、真珠色の光沢あるクリトリスも可憐に突き立っていた。

もう我慢できず、登喜男は恵夢の股間にギュッと顔を埋め込み、柔らかな茂みに鼻を擦《こす》りつけて嗅いだ。

隅々には、甘ったるい汗の匂いと、ほのかな残尿臭が生ぬるく入り交じり、悩ましく鼻腔《びこう》を刺激され、登喜男はうっとりと酔いしれてしまった。

2

「アア……、匂うでしょう。江戸の女性はもっと濃く匂うから、馴《な》れさせるために入浴しないで来たのよ」

恵夢が息を弾ませて言い、ヒクヒクと白い下腹を波打たせた。

登喜男は何度も深呼吸して未来の美女の体臭で胸を満たし、舌を這わせはじめた。

「ダメよ、入れる場所が分かったら、それで終わり」

恵夢が言って身を起こし、彼の顔を股間から突き放してしまった。

「そ、そんな……、入れて体験したい……」

「ダメ、一人目は君の童貞喪失の相手にしたいの」

恵夢が言う。どうも未来の取り決めが細かく定められているらしい。

もちろん拒む気はなく、今はこの可憐な美少女の姿をした、三十歳の恵夢の言いなりになろうと思った。

彼女は立ち上がり、モニターに手を突っ込んで、様々なものを取り出した。

「ぼ、僕はそこを通り抜けられないよ……」

「大丈夫。私が最初に来るときだけ、ここを使ったわ。あとはこれがあるから」

恵夢は言い、袖をめくって奇妙な形の腕時計を見せた。これが小型タイムマシンなのかも知れない。

「これを着て」

さらに彼女が作務衣《さむえ》のような着物を出したので、登喜男もTシャツとトランクスを脱ぎ去り、T字帯のような越中褌《えっちゅうふんどし》を締め、袴《はかま》と着物を羽織った。

「じゃ行くわ」

「せ、せめて恵夢の匂いを嗅いで抜いてから行きたい」

どうにも股間が疼《うず》き、それに慌ただしい展開ばかりで落ち着かないのだ。

「ダメよ。今はこれだけ」

恵夢が言うなり、いきなり登喜男にピッタリと唇を重ねてきた。

「ウ……」

唐突なファーストキスに驚くと、恵夢の長い舌がヌルリと侵入してきた。

さらに甘酸っぱい息の匂いが鼻腔を掻《か》き回《まわ》し、生温かな唾液がトロトロと注ぎ込まれてきたのだ。

小泡の多い粘液を飲み込み、うっとりと喉を潤すと、徐々に彼の全身から力が抜けていった。

そして恵夢の吐息と唾液を吸収していると、様々な知識が彼の頭の中に流れ込んできたのである。

(え、恵夢は、アンドロイド……?)

(そうよ)

朦朧《もうろう》としながら語りかけると、恵夢の返事も頭の中に聞こえてきた。

彼女は四百年後の改造人間。脳も肉体も基本は人と同じで、飲食も排泄《はいせつ》もするが、骨格の大部分は軽金属。

体内には多くの成分が貯蔵され、各時代の難病も治せる薬剤を調合し、唾液として出すことも出来る。

今も唾液に含まれた成分により、瞬時に登喜男の頭の中に必要な知識を流し込んでいるのだ。

言わば恵夢は、医者であり科学者であり格闘家でもあるスーパーウーマンなのだった。

と、舌をからめて唾液を飲み込んでいるうち、周囲が暗くなって彼は浮遊感に包まれていった。

(行き先は二百年前、文化《ぶんか》十三年〈一八一六〉の江戸。セックスする相手は涼崎《りょうざき》香穂《かほ》という二十歳《はたち》の武家娘、剣術自慢の女武芸者よ)

恵夢が言う。登喜男は、大学剣道部の女子をイメージした。

その香穂が私生児を産んで育て、その子孫が未来を担うらしい。

すでに恵夢は過去に飛んで香穂に会い、剣術の試合をして、完膚無きまで叩《たた》きのめしたらしい。

それで香穂は恵夢に心酔し、何でも言うことをきくようになった。

そこで恵夢は、寺男をしている弟の筆下ろしを依頼したらしい。

まあ登喜男は髷《まげ》も結えないから、寺男にしておくのが便利なのだろう。

そして香穂も、なまじ男勝りで頑丈な肉体を持っているため、性欲も好奇心もある。

ただその時代には長身で嫁の貰《もら》い手《て》は無く、剣一筋に生きる決意に身を固めていたようだった。

香穂は剣術道場の一人娘で、恵夢の調査だと、すでに木製の張り型を使ったオナニーを体験し、挿入への恐れも痛みもないということであった。

とにかく登喜男は、香穂の知識を頭に入れながら、いつしか気を失ってしまったのだった……。

――長く眠った気がして、目を覚ますと実に頭がすっきりしていた。

蛍光灯もない天井を見上げ、登喜男は驚いて身を起こした。寝ているのは煎餅布団で、周囲は襖《ふすま》と障子。

外は明るく、室内には何もない。

そして登喜男は、自分の着ている着物を見て思い出した。

（ああ、夢じゃなかったんだ……）

そう思い、障子を開けると外は板塀で、ヤツデの葉の向こうに瓦屋根の連なりと火《ひ》の見櫓《みやぐら》が見えた。

「外へ出たらダメよ」

と、襖が開いて日本髪を結って簪《かんざし》を差した恵夢が現れた。

「わあ、綺麗《きれい》だ……」

「有難う。とにかく、この時代の人と関わったら未来が変わるわ。接して良いのは、間もなく来る香穂だけ」

「こ、ここは江戸……？」

「そうよ、二百年前の神田《かんだ》の外れ。豊作で、町では酒の飲み比べ大会などもある、比較的豊かな時代。外を歩きたいでしょうけど我慢してね」

恵夢が言う。ここは彼女が借りた一軒家で、今は午前中らしい。

と、間もなく玄関から訪《おとな》う声が聞こえた。

「御免、涼崎香穂です」

「はい。どうぞ」

恵夢が玄関に行って答えたので、登喜男も行って香穂を見た。

なるほど長身だ。登喜男より僅かに高く、百七十ほどはあるだろう。

着物に袴の男装。腰には大小の刀を帯び、引っ詰めた長い髪を後ろで束ねて垂らし、眉が濃く鼻筋の通った、実に野趣溢《あふ》れる美女ではないか。

「これが弟の登喜男です。ではお上がり下さいませ」

恵夢が言うと、登喜男も緊張しながら頭を下げた。

3

「あ、あの、朝の稽古を済ませ、そのまま来たので井戸端をお借りできれば……」

香穂も、緊張気味に登喜男に頭を下げ、恵夢に言った。

「どうかお気遣いなく。身体を流すのは、全て済んでからでよろしいでしょう」

恵夢が言い、登喜男も内心ほっとしていた。初体験は、何しろナマの女性の匂いを知りたいという願望が強かったのだ。

香穂も答えると、大刀を鞘《さや》ぐるみ抜いて右手に持ち、草履を脱いで上がり込んできた。

「では……」

「では、私は出ておりますので、ごゆるりと」

恵夢は言い、入れ替わりに出て行ってしまった。

家は二間と台所、あとは厠《かわや》と土間、裏の井戸端ぐらいのようだ。

とにかく登喜男は、香穂を布団の敷かれた部屋へ招いた。

「よろしくお願いします」

「はい……、登喜男殿とは、変わったお名前ですが、寺で名付けられたのですね」

「ええ……」

「相模《さがみ》の国の郷士《ごうし》と伺っておりますが、姉上の恵夢様は何とお強い。私の天狗《てんぐ》の鼻もへし折られましたが」

「……」

「いいえ、失礼。何も詮索しないお約束でした。またお寺へ戻るとのこと、一期一会は承知しております」

香穂は言い、大小の刀を部屋の隅に置き、袴の紐《ひも》を解きはじめた。

「どのようなことにも応じると、恵夢様とお約束しました。どうかご存分に」

「はい」

答え、登喜男も着物と袴を脱ぎ、激しく胸を高鳴らせながら下帯も取り去っていった。

幸い尿意もなく、すでにペニスはピンピンに突き立っていた。

それに昨夜寝しなに入浴したから、それほど不潔でもないだろう。

やがて香穂も、意を決したようにためらいなく袴と着物を脱ぎ、たちまち一糸まとわぬ姿になっていった。

着物の内に籠もっていた熱気が室内に籠もり、甘ったるい汗の匂いが揺らめいた。

「どうか横に」

言うと香穂も素直に布団に仰向けになり、手で胸を隠して神妙に長い睫毛《まつげ》を伏せた。

さすがに、鍛え抜かれた女武芸者の肉体は引き締まっていた。

肩と二の腕の筋肉が発達し、腹筋も段々に浮かび上がり、スラリとした長い脚も実に逞《たくま》しかった。

股間の翳《かげ》りは淡い方で、きっちり脚を閉じているので割れ目は見えなかった。早く入れたいが、その前に、してみたいことが山ほどある。何しろ、何をしても構わないということなのだ。

登喜男も全裸で添い寝し、彼女の手を胸からやんわり引き離した。

膨らみは、それほど豊かではないが、張りがあり、やや上向き加減で、何とも綺麗な薄桃色の乳輪と乳首だった。

こんなに初々しい色合いだが、きっと彼女は道場では、多くの男の門弟に恐れられているのだろう。

チュッと吸い付き、顔中を膨らみに押し付けながら舌で転がした。

「く……！」

香穂がビクリと肌を震わせ、奥歯を嚙《か》み締《し》めて呻《うめ》いた。

さすがに武士は声を洩《も》らさないのだろうか。何やらセックスも剣術修行と同じように、堪えるものと思っているのかも知れない。

乳首はコリコリと硬く、舌の愛撫《あいぶ》を弾《はじ》き返《かえ》すようだった。そして汗ばんだ胸元や腋の下からは、ミルクのように甘ったるい匂いが濃く漂ってきた。

もう片方の乳首も含んで舐《な》め回《まわ》すと、香穂は必死に呻きを堪《こら》え、それでも間断なくヒクヒクと肌を反応させるようになった。

さらに登喜男は両の乳首を充分に味わってから、彼女の腕を差し上げ、じっとり汗ばんだ腋の下にも顔を埋め込んでいった。するとそこには何と、色っぽい腋毛が煙り、汗に貼り付いているではないか。

やはり江戸の女性は剃《そ》ったりせず、これが自然のままなのだろう。

登喜男は嬉々《きき》として鼻を擦りつけ、生ぬるい濃厚な汗の匂いで胸を満たした。

さすがに江戸の人は、そう毎日は入浴しないだろうし、まして彼女は朝稽古を終えて来たばかりだから、体臭は実に濃くて悩ましかった。

登喜男は胸いっぱいに嗅いでから、汗の味のする肌を舐め下りていった。

脇腹から、引き締まって硬い腹の真ん中に行き、形良い臍《へそ》を舐めてから、張り詰めた下腹、腰からムッチリした太腿へと舌でたどっていった。

その間も、香穂は硬く唇を引き締め、じっと息を殺して身を強《こわ》ばらせていた。

長い脚を舐め下り、膝小僧から滑らかな脛《すね》へ行くと、そこはまばらな体毛があり、これも実に野趣溢れる魅力だった。

そして足首まで行くと、彼は足裏に回り込み、大きく逞しい踵《かかと》と土踏まずを舐め、指の股に鼻を割り込ませて嗅いだ。

そこは汗と脂にジットリ湿り、ムレムレになった匂いが沁《し》み付《つ》いていた。

登喜男は充分に美女の足の匂いを貪ってから、爪先にしゃぶり付いて、順々に指の間に舌を挿し入れていった。

「あう……！　な、何をなさいます……、犬のような真似《まね》を……、いや、何でもさせるとの約束でしたね……」

香穂は朦朧と言い、ビクリと足を震わせたが、結局されるままになった。

登喜男は両足とも、味と匂いが薄れるほど貪り尽くし、いよいよ脚の内側を舐め上げ、股間に顔を迫らせていった。

昨夜は恵夢も、ろくに舐めさせてくれなかったが、今度は存分に味わうことが出来るのだ。しかも二百年前の、ナマの匂いを籠もらせた美女である。

「アア……」

両膝を割って顔を進めると、ようやく香穂が声を洩らした。

張りのある内腿を舐め上げると、股間から発する熱気と湿り気が彼の顔中を包み込んできた。

ふっくらした股間の丘には、黒々と艶のある恥毛が茂り、割れ目からはピンクの花びらがはみ出していた。

そっと指を当てて左右に広げると、中の柔肉が丸見えになった。中は、すでにヌメヌメとした大量の愛液が溢れ、襞の入り組む膣口も妖しく息づいていた。

4

「ああ……、そんなに、見るものではありません……」

香穂が、ヒクヒクと下腹を波打たせながら、か細く言った。

膣口の少し上には、ポツンとした尿道口が確認でき、包皮の下から突き立ったクリトリスも、綺麗な真珠色の光沢を放ち、恵夢より大きめで亀頭の形をしていた。

もう我慢できない。

登喜男は吸い寄せられるように顔を埋め込み、柔らかな茂みに鼻を擦りつけ、隅々に籠もった汗とオシッコの匂いを吸収した。

もちろん恵夢より、その匂いはずっと濃く、胸の中を妖しく掻き回してきた。

舌を這わせると、生ぬるいヌメリは淡い酸味を含み、彼は夢中になって膣口の襞をクチュクチュ舐め回し、クリトリスまで舐め上げていった。

「く……、駄目、そのような……！」

香穂が驚いたように呻き、逆に内腿はキュッと彼の両頬をきつく挟み付けてきた。

やはりいつの時代でも、ネットに書かれているように、クリトリスが最も感じるようだった。

少し舐めるだけで彼女の内腿の締め付けが強くなり、淡い酸味のヌメリが量を増してきたように感じられた。

さらに登喜男は彼女の両脚を浮かせて、逆ハート型の形良い尻の谷間にも顔を寄せていった。

谷間の蕾《つぼみ》は、レモンの先のように僅かに突き出た色っぽい形だ。あるいは年中過酷な稽古をして力むからかもしれない。

鼻を埋め込むと、顔中に双丘が密着し、秘めやかな微香が籠もっていた。

登喜男は鼻腔を刺激されながら、生々しい美女の匂いを貪り、舌を這わせた。

細かな襞を舐めて濡《ぬ》らし、さらに内部にも舌先を潜り込ませ、ヌルッとした粘膜まで味わった。

「アッ……！　何を……！」

香穂が違和感に呻き、キュッと肛門《こうもん》できつく舌先を締め付けてきた。

構わず彼は内部で執拗《しつよう》に舌を蠢《うごめ》かせ、やがて鼻先にトロトロと滴る愛液を舐め取りながら、再び割れ目に戻ってクリトリスに吸い付いていった。

「も、もう堪忍……、変になりそう……」

香穂がビクッと顔を仰《の》け反《ぞ》らせ、嫌々をしながら降参するように言った。

すでに、小さなオルガスムスの波を感じ取っているのかも知れない。

登喜男もまた、もうすっかり限界になっていた。

全て味わったので、ようやく舌を引っ込めて身を起こし、股間を進めていった。

すると香穂もすっかり覚悟を決め、むしろ舐められる羞恥から解放されてほっとしたように両膝を開いて受け入れ体勢を取った。

登喜男は、急角度にそそり立ったペニスに指を添えて下向きにさせ、先端を濡れた割れ目に擦りつけ、ヌラヌラと潤いを与えながら位置を探った。

すると彼女も、僅かに腰を浮かせ、誘導するように膣口を合わせてくれたのだった。

強く押すと、張りつめた亀頭がヌルリと潜り込み、あとは滑らかにヌルヌルッと根元まで吸い込まれていった。

「あぁッ……！」

香穂が顔を仰け反らせて喘《あえ》ぎ、キュッときつく締め付けてきた。

登喜男も、肉襞の摩擦に危うく漏らしそうになるのを堪え、深々と挿入して股間を密着させた。

中で射精すれば役目は終わるが、やはり少しでも長く初体験の感激と快感を味わいたかった。

中は熱く、じっとしていても息づくような収縮が幹を包み込んでいた。

登喜男は締まりの良さに押し出されないよう押し付けながら、そろそろと片方ずつ脚を伸ばし、身を重ねていった。

すると彼女も下から両手を伸ばし、登喜男の背に回して抱き留めてくれた。

香穂が、長い睫毛の間から薄目で彼を見上げていた。

自分にとって最初の男を、瞼《まぶた》に焼き付けているようだ。

登喜男も香穂の整った顔を見下ろした。

もちろん全くのスッピンだが肌はきめ細かく、形良い唇が僅かに開き、ヌラリと光沢ある歯が、頑丈そうにキッシリと奥まで並んでいた。

その間から、熱く湿り気ある息が洩れ、鼻を寄せて嗅ぐと、濃厚な花粉のように甘い刺激が含まれていた。

　登喜男は美しい武芸者の吐息で鼻腔を満たし、そのまま唇を重ねていった。

　舌を挿し入れて歯並びを舐め、さらに奥へ潜り込ませると、

「ンン……」

　香穂も熱く鼻を鳴らして吸い付き、チロチロと舌をからみつかせてきた。

　滑らかに蠢く舌は、ヌラヌラと生温かな唾液にまみれ、彼は美女の唾液と吐息に酔いしれながら、とうとう小刻みに腰を突き動かしはじめてしまった。

　相手も処女とはいえ、張り型での挿入オナニーを経験しているということだから、少々乱暴に動いても大丈夫だろう。

　いったん動いてしまうと、もうその快楽に腰が止まらなくなり、登喜男はぎこちないながら次第にリズミカルに律動しはじめてしまった。

「ああ……、響く……」

　香穂も唇を離し、彼の背に両手を回しながら喘ぎ、ズンズンと股間を突き上げはじめてきた。

　溢れる愛液に動きがヌラヌラと滑らかになり、次第に互いの動きが一致してきた。同時にクチュクチュと淫らに湿った摩擦音も聞こえ、揺れてぶつかる陰嚢《いんのう》ま

で生温かな蜜にネットリと濡れた。

肉襞の摩擦が何とも心地《ここち》よく、しかも美女のかぐわしい息で鼻腔を満たし、胸の下では乳房が押し潰れて弾んだ。

恥毛が擦れ合い、コリコリする恥骨の膨らみまで伝わり、とうとう登喜男は昇り詰めてしまった。

「い、いく……！」

突き上がる快感に口走り、股間をぶつけるように突き動かしながら、彼はありったけの熱いザーメンをドクンドクンと勢いよく柔肉の奥にほとばしらせた。

「あ、熱いわ……、アアーッ……！」

すると、噴出を感じた途端に香穂も声を上ずらせ、ガクンガクンと狂おしい痙《けい》攣《れん》を起こし、腰を跳ね上げてきたのだ。

膣内の収縮も高まり、登喜男は心置きなく快感を味わい、最後の一滴まで出し尽くしたのだった。

5

「ああ……、情交が、こんなに気持ち良いものだなんて……」

香穂が肌の強ばりを解き、グッタリと身を投げ出して言った。

登喜男も動きを止め、まだ収縮する膣内でヒクヒクと幹を震わせながら逞しい肉体に体重を預けた。

そして熱く湿り気ある、甘い刺激の吐息を間近に嗅ぎながら、うっとりと快感の余韻を噛み締めたのだった。

香穂ばかりでなく、登喜男もまた初体験の快感と感激に息を震わせ、いつまでも動悸《どうき》が治まらなかった。

（とうとう童貞を捨てたんだ。しかし相手は、二百年前の美女……）

登喜男は思いながら呼吸を整えると、そろそろと股間を引き離し、彼女に添い寝していった。

しかし彼女は匂いが気になるのか、すぐ身を起こしてしまった。

「では、井戸端をお借りしますので」

香穂は言うと襦袢《じゅばん》と手拭いを持って胸を隠しながら立ち上がり、部屋を出て行ってしまった。

登喜男は彼女の残り香の中、心地よい脱力感に包まれながら、そのまま身を投げ出していた。

(あの一回で、本当に命中してしまったのだろうか……)

登喜男は、裏の方から聞こえる水を流す音に、耳を澄ませながら思った。

妊娠したにしても、これから一人で子を養ってゆけるのだろうかと心配になったが、そのあたりは恵夢が未来のため、しっかり手助けするのだろう。

やがて襦袢を着た香穂が戻り、まだ全裸で身を投げ出している彼を見下ろすと、傍らに座ってペニスに熱い視線を注いできた。

「これが入ったのですね……」

香穂は言い、自分がされたように彼の両脚を全開にさせ、真ん中に腹這い顔を寄せてきたのだ。

「ああ……」

脱力していた登喜男は、急に激しい羞恥を覚えて喘いだが、もう美女の顔が股間に迫っていた。

「この袋が、急所のふぐり……」

まず香穂は、陰嚢にそっと触れて呟《つぶや》いた。

登喜男は股間に美女の熱い視線と息を感じ、しなやかな指先の愛撫にゾクゾクと胸を震わせた。

そして香穂は、とうとう口を寄せ、陰嚢に舌を這わせてくれたのである。

「アア……！」

二つの睾丸《こうがん》を舌で転がされ、熱い鼻息でペニスの裏側をくすぐられながら、彼は激しい快感に喘いだ。

満足げに萎えかけていたペニスも、たちまちムクムクと鎌首を持ち上げ、完全に回復して元の硬さと大きさを取り戻した。

袋全体を生温かな唾液にまみれさせると、香穂はそのまま舌先でペニスの裏側を舐め上げてきた。

「く……」

滑らかな舌がペローリと先端まで来ると、登喜男は快感に腰をよじって呻いた。

「温かいわ。やはり張り型とは違う……」

香穂は溜息混じりに呟きながら幹を指で支え、尿道口に残る白濁の雫《しずく》を舐めた。

「これが、精汁の味……？」

彼女はうっとりと味わいながら言い、まだ愛液とザーメンにまみれている亀頭にもしゃぶり付いてきた。

丸く開いた口で亀頭を含み、そのままモグモグと根元まで呑《の》み込《こ》んだ。

「ああ……、気持ちいい……」

登喜男は、快楽の中心を美女の清らかな口腔にスッポリと包まれ、今にも漏らしそうなほど高まっていった。

口の中は生温かく濡れ、唇が幹の付け根をキュッと締め付けて吸い、熱い鼻息が恥毛をそよがせた。

内部ではクチュクチュと舌がからみつくように蠢き、たちまちペニス全体は生温かな唾液にどっぷりと浸り込んだ。

現代人の登喜男には分かりにくいが、武家娘が大胆に男のペニスにしゃぶり付くというのは大変なことで、相当に興奮が高まっているのだろう。

しかも彼女は吸い付きながら舌を動かし、顔全体を上下させてスポスポと強烈な摩擦を開始してきたのだ。

「い、いきそう……」

彼は急激に高まり、思わず口走りながらズンズンと股間を突き上げてしまった。

（いいわ、出しても）

と、そのとき頭の中に恵夢の声が聞こえてきた。

彼女はどこからか見ているようで、彼にテレパシーで話しかけてきたのだ。

（もう彼女は妊娠しているから、お口に出して構わないわ）

恵夢が嬉《うれ》しいことを言ってくれ、登喜男も我慢するのを止《や》めた。

初体験に引き続き、口内発射まで経験できると思うと、期待に快感が倍加した。

まるで全身が縮小し、美女のかぐわしい口に身体ごと含まれ、唾液にまみれて舌で翻弄されているような快感だった。

もう我慢できず、登喜男はたちまちオルガスムスに達し、溶けてしまいそうな快感に身悶《みもだ》えた。

「く……！」

呻きながら、熱い大量のザーメンをドクドクと勢いよくほとばしらせ、美女の喉の奥を直撃した。

「ク……、ンン……」

香穂が噴出を受け止めて熱く鼻を鳴らし、それでも艶《なま》めかしい吸引と舌の蠢き
は続行してくれた。
単なる射精快感だけでなく、美女の最も清潔な口の中を汚すという行為は、胸
が震えるような禁断の興奮を伴った。
やがて快楽の中、登喜男は最後の一滴まで絞り尽くしても興奮が治まらずに身
を震わせていた。
股間の突き上げを止めてグッタリと身を投げ出すと、香穂も吸引と舌の蠢きを
止め、亀頭を含んだまま口に溜《た》まったザーメンをゴクリと一息に飲み込んでくれ
た。
「あう……」
嚥下《えんげ》とともに口腔がキュッと締まり、彼は駄目押しの快感に呻いて、ピクンと
幹を震わせた。
全て飲み干すと、ようやく香穂もチュパッと口を離し、なおもしごくように幹
を握りながら、尿道口から滲《にじ》む余りの雫を舐め取ってくれた。
「ど、どうか、もう……」
登喜男は過敏に反応し、降参するように腰をよじった。

するを彼女も顔を上げ、大仕事でも終えたように太い息を吐いたのだった。

6

「お名残惜《なごりお》しゅうございますが、ではこれにて失礼致します」

互いに身繕いすると、香穂は律儀に頭を下げて言った。

もう快楽に悶えていた女ではなく、初めての男への未練も捨てた、凜々《りり》しい女武芸者の顔に戻っていた。

「ええ、ではお身体に気をつけて」

「はい。恵夢様にもよろしく」

登喜男が言うと、香穂は一礼して颯爽《さっそう》と立ち去っていった。

それを見送って嘆息し、登喜男は部屋に戻った。

すると、そこへ恵夢が現れた。外出していたのではなく、姿を消してずっと見ていたのだろう。

「お疲れ様。一人目はこれでクリアしたわ」

「何だか悲しい。初めての女性なのに、もう会えないなんて」

ねぎらう恵夢に、登喜男は訴えかけるように言った。

「仕方ないわ。もともと時代が違うのだから」

「ええ、分かってます。それで、彼女は孕《はら》んで子を育て、その子孫はどんな偉い人になるんです？」

「残念だけど、規則で言えないの」

「そう、じゃ僕は種を植え付けるだけ？」

「そういうことになるけれど、未来のための大切な仕事よ」

恵夢が諭すように言った。

「ええ、分かりました」

「じゃ、次の時代へ飛ぶわ」

「ちょ、ちょっと待って。慌ただしすぎます。食事とかしたいし……」

登喜男は言った。昨夜から、実際にどれぐらいの時間が流れているのか分からないが、空腹は本物だった。

「そう、いいわ。じゃ少し外へ出ましょう。私が一緒なら構わないわ」

恵夢が言ってくれ、登喜男も江戸の町を歩けると思うと胸が弾んだ。

草履を履いて一軒家を出ると、時代劇のセットのような裏長屋の連なりがあった。

路地を抜けて表通りに出ると、商家が軒を連ね、行き交う人たちも本物の髷を結い、誰も小柄で、登喜男すら長身の部類だった。

「へえ、すごい。これが江戸の町か……」

神田界隈《かいわい》は賑《にぎ》やかだが道は狭く、道々に火事に備えた天水桶《てんすいおけ》があり、武士は鞘同士がぶつからないよう左側通行。着物も小綺麗な時代劇の衣装とは違ってすり切れ、みな肌に馴染《なじ》んでいる感じがした。

やがて登喜男は、恵夢の案内で近くの蕎麦屋《そばや》に入った。

「テーブルがないね」

「そんなのあるわけないでしょう。時代劇は全部でたらめ」

恵夢が言って長椅子に座り、やがて運ばれてきた蕎麦も傍らに置き、猪口《ちょこ》を持って身をひねるようにして食べた。

特に蕎麦に詳しいわけではないし、食道楽の年齢でもないから、汁が濃いめというだけで旨《うま》くも不味《まず》くもなかった。

とにかく腹を満たすと、恵夢が支払いを済ませた。

蕎麦屋を出て家に戻ろうとすると、川縁《かわべり》に人だかりがしていた。

「何だろう」

「関わったらダメよ」

「あ、香穂さんだよ」

「え……?」

登喜男が言うと、恵夢も驚いて言い、野次馬の輪を掻き分けていった。

見ると、川を背に香穂が颯爽と立って左手で鯉口《こいぐち》を切っていた。

それに向かうのは三人の破落戸《ごろつき》。みな腰に長脇差を落とし、昼間から酔っているように下卑た顔が赤かった。

「おう、男のなりとは粋じゃねえか。酌が嫌なら腕前を見せてもらおうか」

真ん中の、兄貴分らしい坊主頭が言った。

どうやら茶店で飲んでいるところへ香穂が通りかかり、酌を求めたが無視されて逆上したのだろう。

「まあ彼女なら大丈夫と思うけど、やっぱり大事な身体だから、ここは私が」

恵夢が言い、スタスタと連中の方に歩いて行った。

「私がお相手しましょう」

「なにい、小娘じゃねえか。酌をしてくれるのか」

「いえ、喧嘩《けんか》の相手を」

恵夢が笑顔で言うなり、坊主頭の腕を摑んでひねった。

「うげッ……！」

男は火傷《やけど》したように顔をしかめて奇声を発し、そのまま宙に舞った。

合気道の技なのだろうが、何しろ金属製の骨格だから、その腕力は尋常ではなく、男はひとたまりもなく放物線を描いて神田川に叩き込まれていた。

「うへえ、すごいぞ」

「やわらの神様じゃねえのか」

見物人が目を見開いて言うと、残る二人も気色ばんで恵夢に摑みかかってきた。

しかし一瞬のうちに二人も大きく弧を描き、次々に川へ叩き込まれていった。

香穂も呆然と成り行きを見守るばかりで、やがて三人が水面から顔を出して呻き、向こう岸へと泳ぎはじめるのが見えた。

「さあ、早く」

恵夢が言うと、香穂も我に返って一緒に喧騒を抜け出して登喜男と合流した。

「恵夢様、一体あなたは何という……」

「いえ、あの程度なら赤子の手をひねるようなものです」

興奮して言う香穂に、恵夢が笑顔で答えた。とにかく三人は裏路地へ入り、急いで家へと戻っていったのだった。

香穂も再び上がり込み、座って興奮を冷ました。

「いいですか、香穂さん。これからはお転婆《てんば》も大概にして、剣術も控えなさい」

「え、なぜ……」

恵夢に言われ、香穂が心細げに聞き返してきた。

見た目は少女だが、香穂もすっかり恵夢の不思議な雰囲気に呑まれているようだ。

「天からの授かり物があるかも知れず、身体を第一に考えなければなりません」

「では、登喜男殿の子を……？」

香穂が、思わず下腹に手を当てて言った。

「ええ、弟は寺へ戻るけれど、もしそうなれば、私が何でも手助けしますので」

「わ、分かりました。元より恵夢様の足元にも及ばぬ腕なれば、剣術にも見切りを付けることに致します」

香穂は素直に言い、項垂《うなだ》れたのだった。

7

「アア……、気持ちいい、またいく……！」

香穂が、女上位で登喜男に跨《また》がりながら、何度も顔を仰け反らせて喘いだ。

あれから香穂は、剣を捨てる代わりに、もう一度登喜男と交わりたいと願い、恵夢も許して中座したのだった。

登喜男は仰向けのまま、股間に美女の重みと温《ぬく》もりを受け止め、彼女の動きに合わせて腰を突き上げた。

もう挿入も二度目だし、すでに二回射精しているので暴発の心配はなく、むしろじっくりと挿入快感を味わうことが出来た。

そして香穂もまた、二度目の生身を嚙み締め、さっき以上に愛液を漏らして狂おしく身悶えていた。

登喜男は両手を伸ばして香穂を抱き寄せると、彼女もゆっくりと身を重ねてきた。

後ろで束ねた長い髪がサラリと脇から彼の顔に流れ、嗅ぐとほんのり甘い汗の匂いが心地よく鼻腔をくすぐった。

さらに両手でしがみつきながら唇を重ね、滑らかに蠢く舌を舐め回しながらズンズンと股間の突き上げに勢いをつけていった。

「ンンッ……！」

香穂も熱く鼻を鳴らし、甘い息を弾ませてペニスを締め付けた。溢れる愛液が互いの股間をビショビショにさせ、彼の陰嚢から肛門の方まで生温かく伝い流れてきた。

「唾を出して……」

唇を触れ合わせたまま囁《ささや》くと、香穂も懸命に唾液を分泌させ、口移しにトロトロと注ぎ込んでくれた。

彼は生温かく小泡の多い粘液を味わい、うっとりと喉を潤した。

「舐めて……」

さらに登喜男が高まる快感に乗じて言い、鼻の頭を香穂の口に押し付けて言った。

「アア……、何と可愛い……」

香穂も熱く息を弾ませて言い、伸ばした舌でヌラヌラと鼻の頭から頬まで舐め回してくれた。

この時代の女性から見れば、色白で小太りの登喜男は、実に品良く育ちの良いタイプに見えるのかも知れない。

たちまち彼の顔は美女の生温かな唾液にまみれた。

登喜男は香穂の花粉臭の吐息と唾液の匂いに包まれ、肉襞の摩擦に高まっていった。

すると、先に香穂の方がオルガスムスに達してしまったようだ。

「い、いく……！」

大きな喘ぎ声は洩らさないが、彼女は口走って息を詰め、あとはガクガクと痙攣を起こして、膣内の収縮も活発にさせた。

続いて登喜男も、彼女の絶頂の渦に巻き込まれ、大きな快感に全身を貫かれ勢いよく射精してしまった。

「く……！」

突き上がる快感に呻き、ありったけのザーメンをドクンドクンと勢いよく柔肉の奥にほとばしらせ、心置きなく最後の一滴まで出し尽くしていった。

「ああ……」

登喜男はすっかり満足して声を洩らし、突き上げを止めて力を抜いていった。

すると香穂も、満足げに肌の硬直を解いてグッタリともたれかかってきた。

まだ膣内の収縮は続き、刺激されるたびピクンと幹が跳ね上がった。

「あう……、もう堪忍……」

香穂が感じ過ぎて呻き、押さえつけるようにキュッときつく締め上げてきた。

まるで全身が、射精直後の亀頭のように過敏になっているのだろう。

登喜男は美女の温もりに包まれ、火のように熱く甘い息を嗅ぎながら、うっとりと快感の余韻を嚙み締めた。

やがて互いに呼吸を整えると、香穂がそろそろと身を起こし、股間を引き離した。

そして懐紙を手にし、手早く割れ目を拭き清めると、彼のペニスも丁寧に拭ってくれたのだった。

さすがにこの時代の女性は、いかに男勝りの剣術自慢でも、女らしい仕草と素養が自然に身についているのだろう。

登喜男も、すっかり満足しながら、さっきのように身を投げ出していた。

香穂は、もう身体を流さず、そのまま身繕いをして脇差を腰に帯びた。

「では、今度こそ本当におさらばです。登喜男殿も、どうかお達者で」

香穂が言い、登喜男も慌てて身を起こして答えようとしたが、彼女は未練を断ち切るように足早に出て行ってしまった。

（ああ、行っちゃった……）

彼は思い、身を起こしかけていたが再び布団に横になった。

すると、そこへ恵夢が姿を現した。

「もうセックスも慣れたでしょう。そろそろ次の時代へ飛ぶわ」

「ええ、でも睡眠とかは……」

「時を飛ぶ間に身体が休まって、ザーメンも満タンになっているわ」

恵夢が言い、登喜男も仕方なく身を起こし、香穂のことは忘れようと努めた。

そういえば現代からこの時代へ来たときも、何やら妙に心身がすっきりしていたことを思い出した。

「着物は、また同じものを？」

「ええ、同じ江戸時代だから、この格好で大丈夫よ」

言われて、彼も下帯を着け、着物と袴に身を包んだ。

作務衣に似ているし、面倒な袴の紐もなく、ゴムのようにピッタリ腹にフィットする、言わば未来製の和服のようなものだ。

「同じ江戸時代って、ここより過去？」

「少し先の幕末。家も、このままでいいわ」恵夢が言い、一緒に布団に座ると彼を抱きすくめてきた。

どうやら、また彼女の唾液を飲み込んで、密着したまま時空を越えるらしい。

「いい？」

恵夢が顔を寄せて言うと、そのままピッタリと唇を重ねてきた。

柔らかな唇が密着し、甘酸っぱい果実臭の吐息が鼻腔を掻き回した。

触れ合ったまま口が開いて彼女の舌が侵入し、登喜男もチロチロとからみつけ、滑らかな感触に胸を高鳴らせた。

やがてトロトロと生温かな唾液が注がれ、彼はうっとりと飲み込みながら酔いしれていった。

すると視界が徐々に暗くなり、全身を浮遊感が包み込んだ。

（今度は、どんな女性と……）

登喜男は思いながら恵夢の唾液と吐息を貪るように吸収し、やがて意識を失っていったのだった……。

第二章　淑《しと》やかな後家の蜜汁

1

「ああ……、ここは……？」

「目が覚めた？」

登喜男が目を開けると、見覚えのある天井が見え、さらに恵夢が覗《のぞ》き込んで言った。

どうやら時を越えたらしく、頭も身体《からだ》もすっきりし、同時にザーメンも満タンになっているのが感じられた。

室内は、江戸の文化年間と同じ、神田にある一軒家だ。

「ここも江戸時代？」

「ええ、あれから四十五年飛んだわ。今は文久《ぶんきゅう》元年（一八六一）の幕末」

「説明は、言葉よりもこの方法で……」

登喜男は横になったまま、恵夢の顔を引き寄せて唇を重ねてもらった。

「ンン……」

恵夢も甘酸っぱい果実臭の息を弾ませて鼻を鳴らし、ネットリと舌をからめながら、トロトロと唾液を注いでくれた。

この、未来から来た美少女アンドロイドの唾液を飲むと、必要な情報が直に頭の中に入ってくるのだ。

登喜男も彼女の舌を舐《な》め、生温かく小泡の多い唾液で喉を潤し、うっとりしながら情報を得た。

文久元年というと、昨年が勝海舟《かつかいしゅう》が咸臨丸《かんりんまる》で米国との往復をし、桜田門外《さくらだもんがい》の変《へん》があった万延《まんえん》元年（安政《あんせい》七年）。

そして明治元年まで、あと七年だ。

四十五年前に抱いた女武芸者の香穂は六十五歳になっているが、やはり機密なのか、彼女がどんな子を生み、今も健在かどうかという情報は流れてこなかった。

登喜男は、この時代でも未来に繋《つな》がる女性とセックスしなければならない。

やがて恵夢が唇を離した。

「ねえ、恵夢とエッチしたいよお……」

登喜男は朝立ちの勢いも手伝い、恵夢に縋《すが》り付《つ》いて言った。

「ダメよ、さあ早く起きて。あなたのザーメンは未来の宝なのだから、無駄に出来ないのよ」

恵夢は言って身を離し、登喜男も仕方なく起き上がった。

「食事は？」

「特に必要ないわ。あなたは満腹でも空腹でもない状態を、ずっと保っているのだから」

「そんなあ……」

登喜男は情けない声を出した。

時間を自由に操れるのは便利だが、やはり物足りないし、起きたら食いたくなるのは仕方ないだろう。

それでも我慢し、登喜男はせめて顔を洗おうと裏の井戸端に出た。

慣れない手つきで井戸水を汲《く》み上《あ》げ、口をすすいで顔を洗っていると、母屋から人が出て来た。

恵夢が借りている一軒家は、大店《おおだな》の離れと聞いている。

大店は薬種問屋らしく、姿を現した男も訪ねて来た行商人だろうか、手拭いを頭にかぶり、つづらを背負っていた。

つづらには丸に山型の印。

二十代半ばらしい男がジロリと見ると、反射的に登喜男は頭を下げていた。

「あ、登喜男と言います」

「寺男が居候か。俺は石田《いしだ》村の歳三《としぞう》」

彼は言い、商人のくせにやけに無愛想だなと登喜男は思った。

歳三は、もう母屋との用事は済ませたようで、すぐに脇の路地を抜けて表の通りへと出て行ってしまった。

登喜男が顔を拭いて部屋に戻ると、

「誰かと喋《しゃべ》った?」

「ええ、母屋に来ていた石田村のトシゾウだっていう人と」

「まあ、土方《ひじかた》歳三……」

恵夢が言い、登喜男も目を丸くした。

さすがに、その名は登喜男も知っていた。

土方歳三は、二年後には京へ行って新選組《しんせんぐみ》副長となり、三年後には池田屋《いけだや》事件で名を馳《は》せるのだった。

そういえば端整な顔立ちの中にも、只《ただ》ならぬ雰囲気があったものだった。

「この時代の人とは関わったらダメよ」

「ええ」

「じゃ出かけましょう」

恵夢が言い、登喜男も一緒に離れを出て大通りへ向かった。

恵夢は髪を島田《しまだ》に結った町娘ふう、登喜男は作務衣《さむえ》に草履を突っかけた寺男姿だ。

神田の町並みは、四十五年前とそれほど変わっていない。大店が軒を連ね、神社の境内には芝居小屋でもあるのか、色とりどりの幟《のぼり》が立っていた。

神田西から飯田橋《いいだばし》を抜け、登喜男は現代の線路などを想像しながら歩いた。

「これから訪ねるのは後家さん」

「はあ、未亡人……」

「久美《くみ》さんという三十になる人で、子はいないわ。うちが借りている薬種問屋の娘で、ある御家人《ごけにん》に見初められて武家に嫁いだのだけど、旗本《はたもと》に斬られて夫が死んだのが十日前」

「うわ、未亡人になったばかりじゃないですか。抱いて大丈夫なんでしょうか……」

「強引に嫁がされたし、案外虐《しいた》げられていたから、死なれてかえってほっとしているわ。あとは武家の柵《しがらみ》があるだけ」

市谷《いちがや》方面へ向かいながら、恵夢が説明してくれた。

死んだ夫は学問所《がくもんじょ》勤番という下級の役職に就いていたが、旗本に苛《いじ》められ、相当なストレスを溜《た》め込《こ》んでいたようだった。

それが町家の美しい久美を見初め、彼女を上士の養女にしてもらい、強引に嫁にして数年になるが子が出来ず、また久美の肉体にも飽き、そのストレスを彼女にぶつけるようになった。

下級武士の、辛《つら》い宿命というか、結局それだけの器しかない男だったようだ。

そして旗本から苛められているうち限界に達し、とうとうキレて刀を抜いてしまったらしい。

結局斬られて死んだが、上士の配慮により尋常な果たし合いということで双方に咎《とが》めはなかった。

久美は、子も無く夫も死んだので、間もなく嫁ぎ先からは離縁されるだろうが、夫の死後の少しばかりは万一、子が宿っているかも知れないというので、四十九日過ぎる頃までは拝領屋敷にとどまっているようだ。

それを今日、登喜男が孕《はら》ませようというのである。

その子は、下級武士として生まれ、やがて明治に名を成すのだろう。先のことは登喜男の関知することではないが、とにかく抱くのが彼の役目であった。

2

「今まで子が出来なかったのに、夫の死後に急に出来ていたなんて、みんな信用するんでしょうか。彼女が浮気を疑われたら気の毒で。まあ実際浮気なのだけど」

「それは大丈夫。親たちは、どうあろうと跡継ぎが欲しいのだから、無理にでも神のご加護と思うことでしょう」

「はあ、そんなもんですか……」

武家というのは、やはり現代人の登喜男には理解できない部分が多かった。

「それに久美さんも、喪に服して外には出ていないし、出入りする男もいないのだから」

恵夢が言う。だから今日だけ、上手《うま》く登喜男を忍び込ませるらしい。

話では舅《しゅうと》と姑《しゅうとめ》は、今日は法要で外出し、家には久美一人のようだった。

そして恵夢も、すでに久美と渡りを付け、訪ねることを報《しら》せてあるのだ。

久美も、夫のことは好きではないようだったが子は欲しいらしい。実家へ戻っても、もう厄介ものになるだけだし、舅や姑は好人物で、性格の悪い息子から彼女を庇《かば》い、良くしてくれていたようなのだ。

そして子がいれば、彼女の人生にも光が射《さ》すことだろう。

やがて市谷の武家屋敷街の外れに、御家人の家があった。

拝領屋敷とはいえ、周囲の家に比べるとそれほど広くないが、それでも登喜男の実家よりずっと大きな平屋だった。

訪《おとな》うと、すぐに久美が出て来た。

もう後家となっているので、剃《そ》っていた眉も生え始め、お歯黒も塗っておらず、瓜実顔《うりざねがお》のなかなかの美形ではないか。

なるほど、武士が妻に欲しがるような美貌と、しなやかそうなほっそりした肉体を持っていた。

「これが弟の登喜男です。寺から出られるのは今日だけですので」

「承知しました。よろしくお願い致します」

恵夢が紹介すると、久美もほんのり頬を染めて頭を下げた。

やがて恵夢は玄関で引き上げ、登喜男だけ上がって奥の座敷に通された。すでに、そこには床が敷き延べられていた。

「親たちは、夕刻まで戻りませんので」

「分かりました。では……」

言われて、登喜男は緊張と興奮に胸を高鳴らせて答え、作務衣を脱いだ。すると久美も、モジモジと帯を解きはじめた。

出会って挨拶もそこそこにセックスするのだから、何とも奇妙なものである。

「あの、ご主人とはエッチを、いえ、営みをしていたのですか？」

登喜男は、みるみる白い肌を露《あら》わにしてゆく久美を見ながら訊《き》いた。

「いえ、していたのは最初の頃だけです。もう半年ばかり、何もしてもらっていません」

彼女が答えた。

ならば、久美の体内に亡夫の種が残っていることは有り得ないだろう。

やがて登喜男は全裸になって布団に横たわり、一糸まとわぬ姿になった久美も羞恥と緊張に頬を強《こわ》ばらせながら、ゆっくりと添い寝してきた。

恵夢がどのように持ちかけたか分からないが、とにかく久美は一刻も早く子が欲しいのだろう。

「では、このように……」

登喜男も緊張しながら彼女の腕を横に伸ばし、腕枕してもらった。

「あ……」

腋《わき》の下に鼻を埋め込み、横から肌を密着させると久美がビクリと熟れ肌を震わせて小さく喘《あえ》いだ。

色っぽい腋毛には甘ったるいミルクに似た汗の匂いが生ぬるく濃厚に籠もり、登喜男は美女の体臭で胸を満たした。

もちろん登喜男の来訪を知った久美も、身体を拭いて準備していたようだが、まさか全身隅々まで舐《な》められるなど予想していないだろう。

彼の目の前では、思っていた以上に豊かなオッパイが艶《なま》めかしく息づいていた。

着痩せするたちだったのか、肌に触れる腰や太腿《ふともも》も豊かそうだ。

登喜男は腋から移動してのしかかり、桜色の乳首にチュッと吸い付き、舌で転がしながらもう片方にも指を這《は》わせていった。

「アア……」

久美が顔を仰《の》け反《ぞ》らせ、熱く喘いだ。

もちろん夫しか知らず、しかも初期の頃ろくに濡《ぬ》れもしないうち挿入されてばかりいたのだろう。

それでも熟れた女体は相手に順応し、それなりに挿入される快感には目覚めていたに違いない。

登喜男は左右の乳首を交互に含んで舐め回し、揺らめく体臭に酔いしれながら、やがて滑らかな肌を舐め下りていった。

白い肌はきめ細かく、彼は形良い臍《へそ》を舐め、張り詰めた下腹から腰、ムッチリした太腿へ舌を這わせた。

脚を舐め下りても、久美は拒まず、すっかり朦朧《もうろう》となって身を投げ出し、されるままになっていた。

足首まで行って足裏を舐め回し、縮こまった指の間に鼻を割り込ませると、そこはやはり汗と脂に湿り、蒸れた匂いが濃く沁《し》み付いていた。

そして爪先にしゃぶり付くと、

「あう……、何をなさいます……！」

久美が驚いたように呻《うめ》き、ビクリと脚を震わせた。

構わず順々に指の股に舌を割り込ませて味わうと、

「アア……」

久美は喘ぎながら、ぐんにゃりと全身の力を抜いてクネクネと悶《もだ》えはじめた。

もちろん足の指をしゃぶられるなど、一生に一度きりのことだろう。

登喜男は両足とも味と匂いが薄れるほど存分に貪り、やがて脚の内側を舐め上げ、股間に顔を進めていった。

両膝の間に顔を割り込ませ、白くムッチリした内腿を舐め上げると、

「い、いけません……、そのような、仏に仕えるお方が……」

久美も割れ目を舐められると察したように、声を震わせて言った。

武士に嫁いだが元は町家で、登喜男は若いが仏門に仕える身として、それなりの敬意を抱いているのだろう。

「どうか、もっと力を抜いて下さい」

登喜男は言い、彼女の股を全開にさせて中心部に迫った。

黒々と艶のある恥毛が、股間の丘に程よい範囲で茂り、割れ目からはみ出す陰唇も興奮に濃く色づいて、間からはヌラヌラと愛液が湧き出しはじめていた。

3

「そ、そこは、不浄な場所ですので……」

「そんなことないです。子を生《な》す聖なる場所ですから」

久美が声を上ずらせて言ったが、登喜男も股間から尤《もっと》もらしく答え、とうとう顔を埋め込んでしまった。

柔らかな茂みに鼻を擦《こす》りつけると、汗とオシッコの匂いが混じり合って、悩ましく鼻腔《びこう》を掻《か》き回《まわ》してきた。

登喜男は何度も深呼吸して美女の生ぬるい体臭で胸を満たし、割れ目を舐め回すと淡い酸味のヌメリが舌の動きをヌラヌラと滑らかにさせた。

息づく膣口《ちつこう》の襞《ひだ》をクチュクチュと掻き回してクリトリスまで舐め上げると、

「ああッ……！」

久美が熱く喘ぎ、内腿でキュッときつく彼の顔を挟み付けてきた。

登喜男は、ツンと突き立ったクリトリスを舌先で弾《はじ》くように刺激し、上唇で包皮を剝《む》いて吸い付いた。

「く……、か、堪忍……」

久美が身を反らせたまま硬直し、懸命に声を絞り出した。

愛液の量は驚くほど増し、まるで今まで抑えつけていた分が一気に解き放たれたようだった。

さらに彼女の腰を浮かせ、豊満な尻の谷間に迫り、キュッと閉じられた薄桃色の蕾《つぼみ》に鼻を埋め込んで嗅いだ。

生ぬるい汗の匂いに混じり、秘めやかな匂いが鼻腔を刺激して、登喜男は激しい興奮に勃起した。

充分に匂いを堪能《たんのう》してから、舌先でチロチロと蕾を舐めて襞を濡らし、ヌルッと押し込んで粘膜も味わった。

「あう……、駄目……！」

久美が呻き、キュッときつく肛門《こうもん》で舌先を締め付けてきた。

登喜男が内部で舌を蠢《うごめ》かせると、鼻先の割れ目からは白っぽい本気汁までトロトロと溢《あふ》れはじめた。

ようやく肛門から舌を引き離して脚を下ろし、再び割れ目に戻ってヌメリをすすり、クリトリスに吸い付いた。

「アア……、も、もう、どうか……」

久美が降参するようにクネクネと身悶えながら喘ぎ、すでに何度か小さなオルガスムスの波が押し寄せているようだった。

やがて美女の味と匂いを心ゆくまで堪能してから、彼は股間から這い出して再び添い寝した。

久美は荒い呼吸を繰り返し、放心状態になりながら、たまに思い出したようにビクッと熟れ肌を波打たせていた。

顔を寄せ、喘ぐ口に迫ると、綺麗《きれい》な歯並びの間から湿り気ある息が洩《も》れていた。

熱い吐息を嗅ぐと香穂に似た甘い花粉臭だが、緊張に口内が乾き気味なのか、濃い刺激が登喜男の鼻腔に悩ましく引っかかるようだった。

唇を重ね、舌を挿し入れて歯並びを舐め、さらに奥へ潜り込ませてチロチロと舌をからめると、

「ンンッ……」

久美は微《かす》かに眉をひそめて呻き、彼の舌にチュッと吸い付いてきた。

登喜男も美女の唾液と吐息を味わい、我慢できずに勃起したペニスを久美の太腿に押し付けた。

ようやく唇が離れると、彼は久美の手を取ってペニスに導き、彼女の顔を股間の方へ押しやった。

すると久美も素直に移動し、彼が仰向《あおむ》けで大股開きになると、その真ん中に腹這い、顔を寄せてきてくれた。

割れ目を舐められたことはなくても、夫のペニスを口で愛撫《あいぶ》したことぐらいはあるだろう。自分勝手な男だったようだし、まして町家から来た嫁にはためらいなくしゃぶらせたに違いない。

久美は幹に指を添え、先端に口を寄せて尿道口をチロチロと舐め回し、滲《にじ》む粘液を拭い取ってくれた。

「ああ……、気持ちいい……」

登喜男がうっとりと喘いで言うと、久美も張りつめた亀頭にしゃぶり付き、スッポリと呑《の》み込《こ》んできた。

温かく濡れた口の中で舌が蠢くと、幹が快感にヒクヒクと震えた。

久美も熱い鼻息で恥毛をくすぐり、幹を締め付けて吸いながら執拗《しつよう》に舌をからみつけてくれた。

たちまちペニスは美しい未亡人の唾液に生温かくまみれ、絶頂を迫らせてヒクヒクと震えた。

「ま、待って、いきそう……」

登喜男が言って股間を引き離すと、久美も大胆な愛撫で力尽きたように、グッタリと突っ伏してしまった。

本当は女上位で、美女の顔を見上げながらセックスしたかったが、久美は力が抜けているようだ。

仕方なく身を起こし、横向きに寝て身体を縮めている久美の腰を抱えた。

まずは彼女を四つん這いにさせ、バックから膣口に先端を押し当て、ゆっくり挿入していった。

「アアッ……！」

久美が声を上げ、白い背中を反らせて深々と受け入れた。

登喜男も膝を突いて股間を密着させ、滑らかな肉襞の摩擦と締め付け、熱いほどの温《ぬく》もりとヌメリに包まれた。

バックだと、白く丸い尻が下腹部に密着し、それが何とも心地《ここち》よかった。

彼は久美の背に覆いかぶさり、両脇から回した手で豊かな膨らみを揉《も》み、息づくような膣内の収縮と感触を噛《か》み締《し》めた。

徐々に腰を前後させはじめると、襞が幹を擦ってクチュクチュと湿った摩擦音が聞こえ、揺れてぶつかる陰嚢《いんのう》も愛液にネットリとまみれた。

「ああ……、す、すごい……」

久美も顔を伏せたまま呻き、クネクネと豊かな尻を動かした。

しかし、やはり美女の顔が見えないのが物足りず、登喜男もここで果てる気にならずに我慢した。

身を起こし、挿入したまま久美を横向きにさせ、彼は下になった脚に跨《また》がり、上の脚に両手でしがみついた。

松葉《まつば》くずしの体位になると、交差した互いの股間が密着して、さらに吸い付くような一体感が得られた。

膣内と内腿の感触を得ながら何度か腰を動かしてから、さらに彼は体位を変えた。

久美を仰向けにさせ、何とか正常位まで持っていったのである。

4

「ああッ……、いい……！」

登喜男が身を重ねていくと、久美も激しく喘ぎながら、下から両手できつくしがみついてきた。

彼もようやく胸を合わせ、本格的に腰を突き動かしはじめていった。

胸の下では豊かなオッパイが押し潰れて弾み、汗ばんで密着した肌がヒクヒク震え、時にビクッと腰が跳ね上がった。

「気持ちいいですか？」

「ええ、とても……、こんなの初めて……」

囁《ささや》くと、久美も潤んだ薄目で彼を見上げながら答えた。

「ほら、すごく濡れてます。嫌らしい音が聞こえるでしょう」

「アアッ……、言わないで……」

登喜男が腰を遣いながら言うと、久美の羞恥反応が激しく、締まりとヌメリが急激に増してきた。

彼も高まりながら唇を重ね、舌をからめながらズンズンと股間をぶつけるように突き動かした。

そして美女のかぐわしい吐息を嗅ぎ、生温かな唾液をすすって動くうち、とうとう昇り詰めてしまった。

「く……！」

大きな絶頂の快感に貫かれて呻き、彼は熱い大量のザーメンをドクンドクンと勢いよく肉壺《にくつぼ》の奥へほとばしらせた。

「あう……、熱いわ、感じる……！」

噴出を受け止めた久美もビクッと顔を仰け反らせて呻き、本格的なオルガスムスに達したようにガクガクと腰を跳ね上げた。

膣内の収縮も最高潮になり、登喜男は快感を味わいながら、心置きなく最後の一滴まで出し尽くしていった。

すっかり満足しながら動きを弱め、彼は力を抜いて久美に体重を預けた。

「ああ……」

久美も熟れ肌の硬直を解き、精根尽き果てたように声を洩らすと、グッタリと身を投げ出していった。

まだキュッキュッと膣内が名残惜《なごりお》しげな収縮を繰り返し、刺激されるたびペニスがヒクヒクと内部で跳ね上がった。

「く……」

久美が感じすぎるように呻いて、キュッときつく締め付けてきた。

登喜男は息づく肌に身を預け、甘い刺激の息を間近に嗅ぎながら、うっとりと快感の余韻を嚙み締めたのだった。

「良かった……、命中した気がします……」

久美が、荒い呼吸とともに言った。

確かに、最も命中しやすい時期を狙って恵夢が日を決めたのだから、この一発で孕んでも不思議ではない。

「でも驚きました。いろいろなところを舐めるものですから……」

「ええ、でも気持ち良かったでしょう」

言うと久美は羞《は》じらいに、またキュッと締め付けてきた。

やがて呼吸を整えると、登喜男はゆっくり股間を引き離し、ゴロリと横になった。

すると久美が身を起こし、懐紙を手にしてペニスを拭き清めてくれた。

「あ、いいですよ。ゆっくり休んで下さい」

言っても、久美は丁寧に処理をしてくれ、自分の割れ目も手早く拭った。

やはりこの時代の女性は男を立て、全て後始末をしてくれるようだ。

そして久美はもう横にならず、襦袢《じゅばん》と手拭いを持って立ち上がった。

「では流してきますので」

「あ、僕も行きます」

彼女が言うので登喜男も立ち上がり、一緒に部屋を出た。

そして裏口から出ると、すぐそこは井戸端だ。この時代は、火事を恐れて内風呂はないが、たまに行水もするようで、葦簀《よしず》が張られているので垣根越しに覗かれるようなことはない。

久美が巧みに水を汲み上げて盥《たらい》に移し、互いに身体と股間を洗い流した。

水を弾くように脂の乗った白い肌が色っぽく、また登喜男はムクムクと回復してきてしまった。

「ね、こうして……」

登喜男は簀《す》の子《こ》に座り、目の前に久美を立たせて言った。

そして片方の足を浮かせて井戸のふちに乗せさせ、開いた股に顔を押し付けた。

「あん……、いけません……」

久美がビクリと腰を震わせたが、拒みはせず、じっとしていてくれた。

茂みに籠もっていた体臭も洗い流され、残念ながら淡くしか感じられなかったが、舌を這わせると、すぐにも新たな愛液がヌラヌラと溢れてきた。

「あう……、どうか、もう……」

久美が感じて膝をガクガク震わせて言い、身体を支えるため恐る恐る彼の頭に手をかけてきた。

「ね、オシッコしてみて下さい」

登喜男は激しい興奮に包まれながら、恥ずかしい要求をしてしまった。

「まあ、なぜ……」

「美しい女性から出るものは全て清らかなので、身体に受けてみたいのです」

また尤もらしいことを言ってクリトリスに吸い付くと、

「アア……、駄目、吸うと本当に出てしまいます……」

久美が息を震わせて言い、下腹をヒクヒク波打たせた。どうやら、刺激されて尿意が高まってきたらしい。

なおも腰を押さえて吸い付いていると、割れ目内部の柔肉が迫《せ》り出《だ》すように丸く盛り上がって蠢き、温もりと味わいが急に変化してきた。

「あうう……、駄目、本当に……」

久美が息を詰めて言うなり、とうとう温かな流れがチョロチョロとか細くほとばしってきた。

登喜男は舌に受けて味わったが、実に淡い味と匂いで抵抗がなく、すんなり飲み込むことが出来た。

それでも否応《いやおう》なく勢いが増すと、口から溢れた分が温かく胸から腹を伝い流れ、回復したペニスを心地よく浸してきた。

しかしピークを越えると急激に流れが弱まり、間もなく治まってしまった。

登喜男はポタポタ滴る雫《しずく》をすすり、舌を這わせて柔肉を舐め回した。

すると新たに溢れた愛液が舌の動きを滑らかにさせ、残尿を洗い流すように淡い酸味が満ちていった。

「ど、どうか……」

久美は哀願しながら片方の足を下ろし、もう立っていられず、とうとうクタクタと座り込んでしまったのだった。

5

「困った方ですね。私はもう充分ですので」

座敷に戻り、登喜男が縋り付くと久美が言った。

「だって、こんなに勃《た》ってしまいました」

「でも、もう一回したら、親が帰ってくるのに起きられなくなってしまいます」

彼がピンピンに勃起したペニスを見せて言うと、久美もチラと見て一瞬目を見張ったが、困ったように答えた。

「では、せめて指でお願いします。もう一回抜かないことには、治まらず外に出られません……」

「まあ、なんて元気な……」

久美が嘆息して言う。亡夫は、おそらく一回したら終わりだったのだろう。

とにかく添い寝し、腕枕してもらいながら彼はペニスを弄んでもらった。

「動きは、このようで構いませんか？」

「ええ……」

ニギニギと愛撫され、登喜男はうっとりと答えた。

久美の手のひらは柔らかく、細い指もしなやかだった。ほんのり汗ばんだ生温かな手のひらに包まれ、ペニスがヒクヒクと歓喜に震えた。

しかもぎこちないぶん新鮮な快感で、それに久美の吐き出す甘い息も心地よく鼻腔を刺激してくれた。

「ね、唾を飲ませて……」

「そんな、汚いですから……」

「だって、おしっこだって飲ませてくれたのだから」

「まあ……」

思い出し、久美は激しい羞恥に声を洩らして、キュッときつく幹を握ってきた。

「あう……」

「まあ、ごめんなさい。痛かったかしら。じゃ、ほんの少しだけですよ」

久美は言い、優しい愛撫に戻しながら、上から顔を寄せてきた。そして形良い唇をすぼめ、白っぽく小泡の多い唾液を溜め、クチュッと垂らしてくれた。

舌に受けて味わうと、生温かさと適度な粘り気があり、彼はうっとりと飲み込んでペニスをヒクつかせた。

「美味《おい》しい……、もっと……」

「味などないはずです……」

登喜男がせがむと、久美は羞じらいに息を弾ませながら、さらに多めにトロリと吐き出してくれた。

登喜男は愛撫されながら唇を求め、甘い息を嗅ぎながら舌をからめた。

そして美女の唾液と吐息にジワジワと高まってきた。

「い、いきそう……」

「私のお口に出しますか？」

絶頂を迫らせて言うと、久美が囁いた。

その言葉だけで危うく漏らしそうになるのを堪《こら》え、彼は小刻みに頷《うなず》いた。

すると久美が腕枕を解いて移動してくれ、先端にしゃぶり付き、スッポリと呑み込んでから舌をからめた。

「あうう……、気持ちいい……」

登喜男が快感に呻きながら、思わずズンズンと股間を突き上げると、久美も合わせて小刻みに顔を上下させ、スポスポと濡れた口で摩擦してくれた。

もう堪《たま》らず、登喜男は大きな快感に全身を貫かれ、ありったけのザーメンをドクドクとほとばしらせてしまった。

「ンン……」

久美は喉を直撃されながら小さく呻き、上気した頰をすぼめて吸い付き、全て噴出を受け止めてくれた。

「アア……」

登喜男は何度も股間を突き上げて喘ぎ、心ゆくまで快感を味わい、最後の一滴まで絞り尽くしていった。

満足しながら硬直を解いてグッタリと身を投げ出すと、久美は亀頭を含んだまま口に溜まったザーメンをコクンと飲み込んでくれたのだ。

「く……」

キュッと締まる口腔に刺激され、彼は呻きながら駄目押しの快感を得た。

ようやく飲み干すと、久美がチュパッと口を引き離し、なおもニギニギと幹をしごいて、鈴口《すずぐち》に脹《ふく》らむ余りの雫まで丁寧に舐め取ってくれた。

「も、もういいです。どうも有難う……」

登喜男はヒクヒクと過敏に反応しながら、降参するように言った。

ようやく久美も舌を引っ込め、顔を上げて舌なめずりした。

どうやら、この行為は亡夫にさせられたことがあるのだろう。

「上からも下からも頂いてしまいました。きっと、あなたのように可愛《かわい》い子が出来ることでしょう」

久美が言って、腰巻きを着けた。

登喜男も余韻を味わい、呼吸を整えてから起き上がり、作務衣を着た。

「じゃ、親が帰ってくる前に、裏の神社にお詣《まい》りに行きますね」

身繕いを終えた久美が言い、登喜男も立ち上がった。

（いいわ、お詣りを済ませたら、一人で気をつけて神田に戻ってきて）

すると、そのとき恵夢からのテレパシーが届いたのだ。

恵夢が何をしているのか分からないが、どうやら忙しくて手が離せず、登喜男一人で江戸の町を歩かせてくれるようだった。

「じゃ、僕も一緒にお詣りします」

「ええ、嬉《うれ》しいです」

彼が言うと、久美も答えて髪を直した。

一緒に拝領屋敷を出て、裏に回って水路沿いに歩いていくと、すぐに小さな社が見えてきた。

久美は、ここで安産祈願をしたいらしい。

一緒に境内に入って拝殿に柏手《かしわで》を打つと、またすぐに彼女は境内を出た。

「では、これで私は戻りますので」

「ええ、お名残惜しいですが、では僕も帰りますね」

久美に言い、登喜男も彼女の美しい顔を瞼《まぶた》に焼き付けて別れようとすると、そのとき一人の武士が姿を現し、大股に二人の方へやって来たのだった。

6

「おお、確か久美と申したな。後家暮らしで寂しかろう」

大小を差し、絢爛《けんらん》たる着物と袴《はかま》姿の武士が話しかけてきた。

年齢は、まだ二十代の前半なのだろうが、髷《まげ》と着物で時代劇の悪代官のような雰囲気があった。

どうやら、明るいうちから酒が入っているようである。

「夫を斬った旗本です……」

「え……」

久美が恐ろしげに声を震わせて囁くと、登喜男も急に、不安と不快感で胸が締め付けられた。

しかし、ここは人を斬り殺しても、尋常な果たし合いという正当な理由があれば咎めも無い時代なのだ。

「寂しければ俺が抱いてやっても良いぞ。元は町人だろう。旗本に抱いてもらえるなど二度とない光栄だぞ」

「し、失礼な……」

憎々しげに言う旗本に、久美は屈辱に声を洩らした。

良い夫とは言えなかったが、それでも亡夫の敵《かたき》なのである。

「い、行きましょう……」

登喜男は懸命に声を絞り出し、久美を促して勇気を奮い、旗本の横をすり抜けて行こうとした。

「おい小僧。お前は目障りだ。消えろ」

「い、いいえ、私は……」

言われて答えると、いきなり男がスラリと刀を抜いたではないか。

「行かねば斬り捨てるぞ」

銀色に光る白刃を見て、登喜男は震え上がった。

まさか、こんなに簡単に人殺しの道具を抜くとは思いもしなかったのだ。

しかし、こんな時に限って恵夢にいくらテレパシーを送っても返事がない。

だが、その時である。

「気に入らねえな」

声がして、思わず登喜男と久美が振り返ると、そこへちょうど二人の男が通りかかったのだった。

一人は、何と薬売りの格好をした土方歳三で、もう一人は十代の若侍が、竹刀《しない》と防具袋を担いでいた。

「何だ、貴様は。余計な口を出すな、町人ずれ！」

「昼間から酔った旗本か。みっともなくて見ちゃいられないぜ」

「なに！」

歳三が言うと、旗本は彼に迫って切っ先を向けてきた。

すると歳三は荷を下ろし、若侍の竹刀を手にした。

「総司《そうじ》、借りるぞ」

「竹刀を壊さないで下さいよ」

総司と呼ばれた男は、最初からニコニコと笑顔を絶やさずに言った。どうやら相当な遣い手で、しかも歳三の腕も信じ切っているようだ。

また、一目で相手の力量も見抜いているのだろう。

（お、沖田《おきた》総司……？）

登喜男は緊張の中で思いつつ、久美を支えて後退した。

すると歳三はスタスタと間合いを詰めて竹刀の切っ先を向けるなり、いきなり小手を打った。

「つ……！」

不意を突かれ、また酔いで動きも鈍っているのだろう。渾身《こんしん》の小手打ちに男はガラリと刀を落とした。

あとは歳三が、相手の肩や頭を竹刀で滅多打ちにした。

「ひーっ……！」

旗本はうずくまって頭を抱え、抗する術《すべ》もなく悲鳴を上げた。

そのまま歳三は、容赦なく男を水路へと蹴落としていた。

ついでに落ちた刀も蹴り落とし、旗本が悲鳴を上げながら向こう岸に辿《たど》り着《つ》くのを見届けてから、総司に竹刀を返した。

「あ、有難うございます。土方様……」

久美が言って頭を下げた。

そういえば久美の実家は、歳三が出入りしていた薬種問屋だから、前からの知り合いだったのだろう。

「でも、大丈夫でしょうか。お旗本にあのような仕打ちを……」

「ああ、行商も今日で終わりです。今は、この近くにある試衛館《しえいかん》にいます。困ったことがあったら言って下さい」

歳三は言ってつづらを背負い、総司を促して歩きはじめた。

総司も、登喜男と久美にニコリと笑みを向け、歳三についていった。

どうやら近藤勇《こんどういさみ》が道場主である試衛館は、この市谷界隈《かいわい》にあるようだった。

その後ろ姿に辞儀をし、登喜男はやはり久美を家まで送り届けることにした。

「驚きましたね……」

「ええ、でもお二人が来てくれて良かったです……」

登喜男が、ようやく動悸《どうき》を治めながら言うと、久美もほっとしたように答えた。

「では、これで」

登喜男は、名残惜しいまま久美に別れを告げた。長居すると、そろそろ親たちが帰ってきてしまうだろう。

やがて彼は、神田へと向かったのだった。

まあ妊娠した久美は、今後とも恵夢が守るだろうから、不良旗本の仕返しは心配ないだろう。

（それにしても恐《こわ》い。いきなり刀を抜くなんて……）

歩きながら登喜男は、武士を見るたび身をすくませて警戒してしまった。

それでも何が起きるでもなく、大店の連なる賑《にぎ》やかな通りを抜け、さして迷うこともなく彼は神田の離れへと帰ることが出来たのだった。

すると部屋には、恵夢が待っていた。

「恐かったよお。刀を向けられたんだ」

登喜男は恐怖を甦《よみがえ》らせて言い、座っている恵夢の胸に縋り付いた。

「ああ、あれはあなたが居ようと居まいと同じ結果になっただけよ」

すると恵夢が全て見通しているように、事も無げに言った。

どうやら登喜男が歳三や総司と出会っても、それほど未来には関係ない些細《ささい》なことだったらしい。

「さあ、次の時代へ飛びましょう。今度は文明開化よ」

「ま、待って。もう少し幕末を歩きたいし、腹も減ってるし、海舟とか龍馬《りょうま》とかも会ってみたいし」

「駄目よ。用が済んだらすぐに飛ぶの」

「じゃ、せめてここで恵夢と一回したい。死ぬ思いをしたんだから、急に勃ってきちゃったんだ」

「ダメ」

「だって、この時代の役目は終わったじゃないか。時間を飛べば、またすぐザーメンも満タンになるんだから」

「それもそうね。毎回役目をクリアしてるんだし、一回ぐらいいいかな」

意外にも恵夢が言ってくれ、登喜男は目を輝かせた。

7

「じゃ指かお口で良ければしてあげるわ」

「そ、それは久美さんにしてもらったから、ちゃんとエッチがしたいよお」

恵夢の言葉に登喜男は答え、さっさと全裸になって布団に横になった。

しかし恵夢は脱がず、彼の股間に腹這い、可憐《かれん》な顔を寄せてきた。

「本当、二回も出したはずなのに、もうこんなに……」

恵夢が勃起したペニスを見て、呆《あき》れたように言った。

「ねえ、挿入を……」

「黙って。お口でもしてあげないわよ」

登喜男が腰をくねらせてせがんだが、恵夢がメッと叱るように言い、彼は大人しく身を任せた。

すると恵夢は彼の両脚を浮かせ、オシメでも替えるような体勢にさせると、いきなり可憐な顔を寄せて肛門を舐め回してくれたのだった。

「あうう……、すごい……」

登喜男は、唐突な快感に呻いた。

恵夢は彼の肛門をたっぷりと唾液に濡らしてから、舌先をドリルのように蠢かせながらヌルヌルッと潜り込ませてきた。

そして内部でも小刻みに舌が動き、ペニスは内部から操られるようにヒクヒクと上下して粘液を漏らした。

舌が出し入れするように動くと、まるで美少女の舌に犯されているような快感と興奮が湧いた。

やがて恵夢は舌を引き抜いて彼の脚を下ろし、そのまま陰嚢にしゃぶりついた。二つの睾丸《こうがん》を舌で転がし、優しく吸い、袋全体を生温かな唾液にまみれさせると、恵夢はいよいよペニスの裏側をゆっくり舐め上げてきた。

「アア……」

滑らかな舌の感触に登喜男は喘いだ。

先端まで来ると、恵夢は尿道口に舌を這わせ、滲む粘液を舐め取りながらスッポリと呑み込んできた。

根元まで深々と含み、熱い鼻息で恥毛をそよがせ、付け根を口で丸く締め付けてチュッと吸い付いた。

内部でもクチュクチュと舌が蠢き、さすがに久美のテクニックを遥《はる》かに凌駕《りょうが》し、すぐにも彼は絶頂を迫らせてしまった。

「ね、恵夢の割れ目も舐めたい……」

言うと、恵夢もそれぐらい許してくれる気になったか、ペニスを含んだまま自ら裾をめくり、身を反転させて彼の顔に跨がってきてくれた。

登喜男も下から彼女の腰にしがみついて引き寄せ、まずは潜り込むようにして茂みに鼻を埋め込んだ。

柔らかな感触とともに、汗とオシッコの匂いが馥郁《ふくいく》と入り交じり、悩ましく鼻腔を刺激してきた。

何やら、江戸の女性も未来人のアンドロイドも、基本の匂いはそれほど違わないようだった。

とにかく彼は、見た目は美少女、実際は三十歳、しかも半分は生身ではない人造人間の匂いを貪り、割れ目内部に舌を挿し入れて味わった。

真珠色の光沢のあるクリトリスは大きめだが、陰唇は小ぶりで可愛らしかった。

そして生ぬるい愛液もたっぷりと溢れ、淡い酸味とともに舌の動きをヌラヌラと滑らかにさせた。

「ンン……」

女上位のシックスナインの体勢で亀頭を含みながら、恵夢も感じたようにお尻をくねらせ、熱く呻いて吸い付いてきた。

登喜男は蜜をすすりながらクリトリスを舐め回し、さらに伸び上がって恵夢のお尻の谷間にも鼻を埋め込んでいった。

可憐な薄桃色の蕾に鼻を押しつけて嗅ぐと、やはり淡い汗の匂いに混じって秘めやかな微香が籠もっていた。

彼は匂いを貪ってから舌を這わせ、細かな襞を唾液に濡らしてヌルッと潜り込ませ、滑らかな粘膜も味わった。

そして充分に舌を蠢かせてから、再び割れ目に戻って愛液を味わい、クリトリスに吸い付いた。

恵夢も、熱い息を籠もらせながら顔を上下させ、濡れた口でスポスポと強烈な摩擦を開始した。

登喜男も高まりながら、ズンズンと合わせて股間を突き上げはじめた。

先端で喉の奥のお肉を突いても、恵夢はそれほど苦しそうな反応も見せず、濃厚な愛撫を続行していた。

だから遠慮なく突き上げると、たちまちオルガスムスの波が襲ってきてしまった。

「い、いく……!」

突き上がる快感に腰をくねらせながら口走り、彼は熱い大量のザーメンをドクドクと勢いよくほとばしらせた。

「ク……」

喉の奥を直撃された恵夢が小さく呻き、さらにチューッと吸い出してくれた。

「あうう、すごい……」

射精の最中に吸われると、脈打つリズムが無視され、何やら陰嚢から直に吸われ、ペニスがストローと化したような妖しい快感が湧き上がった。

さすがに未来人は一級品のテクニックを持っているようだ。

「も、もういい……」

魂まで吸い取られそうな勢いで、たちまち全て出し切った登喜男は降参するように身悶えて言った。

ようやく恵夢も吸引と舌の蠢きを止めると、彼はグッタリと硬直を解いて身を投げ出した。

恵夢は亀頭を含んだままザーメンをゴクリと飲み干し、締め付けられたペニスがまたピクンと駄目押しの反応をした。

恵夢もようやくチュパッと口を離し、幹をしごきながら尿道口に脹らむ余りの雫まで丁寧に舐め取ってすすり、彼も美少女の割れ目を見上げながら余韻に浸った。

「あう……、も、もう……」

過敏に幹を震わせながら言うと、やっと恵夢も舌を引っ込め、彼の顔から股間を引き離して身を起こした。

「さあ、早く着て」

「ま、待って……、少し休憩……」

「時を越えればすぐ回復しているわ」

恵夢は言い、まだ力の抜けている彼を引き起こして作務衣を着せた。

そしてピッタリと唇を重ね、舌をからめてきた。

「う……」

登喜男は恵夢の甘酸っぱい息と生温かな唾液を吸収しながら呻き、たちまち時の流れを越えていったのだった……。

第三章　令嬢のいけない欲望

1

（みんな髷《まげ》を結ってない。ここは明治時代か……）

目を覚ました登喜男は、窓から外を見て思った。

通りが見え、ガス灯らしきものがあり、人力車と、たまに鉄道馬車も通っていた。

恵夢はいない。

もうこの時代なら外へ出ても、特に誰かと関わらなければ大丈夫かと思い、登喜男は草履を履いてそっと外に出てみた。

江戸から建っていた一軒家はそのままだが、周囲は一変していた。通りも開け、レンガの建物もあり、何しろ道行く人も刀を差していないので恐《こわ》くなく、服装も和洋半々ぐらいだった。

と、その彼の前に人力車が停《と》まった。

「ダメよ、家に戻って」

恵夢が下りてきて言い、持っていた風呂敷包みを登喜男に渡した。

「どうも有難う。四郎《しろう》君」

恵夢は、車夫に金を払って言った。車夫は饅頭笠《まんじゅうがさ》にパッチを穿《は》き、小柄だが精悍《せいかん》そうな十五、六歳の少年ではないか。

車夫は白い歯を見せて辞儀をし、梶棒《かじぼう》を上げ空俥《からぐるま》を引いて去っていった。

「さあ、入りましょう」

恵夢に言われ、登喜男も再び中に入った。

「それに着替えて」

恵夢が荷を指して言うので、登喜男は風呂敷包みを開いてみた。中にはシャツとズボン、背広に靴下、紙袋に入っている革靴などがあった。

「ここは明治？」

「そうよ。十五年（一八八二）」

「そうすると、前回の文久元年から数えると」

「二十一年経《た》ったわ」

恵夢が答え、とにかく登喜男も着替えのため作務衣《さむえ》を脱いだ。

してみると、前回懇《ねんご》ろになった久美も、まだ五十一歳で生きているかもしれない。

しかし、たとえ存命していても会えない定めなのだ。

登喜男は下帯も解いて全裸になった。

「ね、勃《た》っちゃった」

「ダメよ。急ぐの」

甘えるように言い、勃起したペニスをヒクヒクさせて見せたが、恵夢は触れてもくれなかった。

「これからどこへ？」

「そうね、この時代の知識も与えておかないと」

訊《き》くと恵夢が言い、いきなり彼の頰を両手で挟み、美しい顔を迫らせてきた。

ピッタリと唇が重なると、柔らかな感触と甘い息の匂いに包まれ、ますます彼はペニスを硬くさせてしまった。

舌をからめると、彼の口に生温かな唾液がトロトロと注がれてきた。そして登喜男が小泡の多い粘液を飲み込んで喉を潤すたび、甘美な悦《よろこ》びとともに明治十五年の知識と、これから行く場所の情報も流れ込んで、胸に沁《し》み込んできた。

（そうか、明治十五年というのはまだ洋風化が始まったばかりの時期で、鹿鳴館《ろくめいかん》の落成は来年。帝国《ていこく》ホテルもまだ建っておらず、外交の黎明期《れいめいき》なんだ……）

登喜男は思い、やがて恵夢もそっと唇を引き離した。

気を取り直し、登喜男は下着とズボンを穿き、シャツを着ると、恵夢がサスペンダーと蝶《ちょう》タイを整え、上着を羽織らせてくれた。

「髪はそのままでいいかな。真ん中から分けて油で固めるのは嫌でしょう？」

「い、嫌です……」

「じゃいいわ。迎えも来たようだから」

恵夢が外の様子を見ながら言った。

見ると、玄関前の通りに二頭立ての馬車が停まったところだった。

「では、私は行かないから、さっき教えた段取り通りにして」

恵夢が登喜男を送り出して言い、彼も革靴を履いて外へ出た。服も靴も、全てピッタリだった。

すると馬車の扉が開き、一人の洋装の令嬢が顔を出した。

「恵夢様、ごきげんよう」

彼女が言い、恵夢も彼を馬車に乗せながら会釈した。

「前にお話しした、弟の登喜男です。では今日はよろしく」

恵夢が言って外から扉を閉めると、登喜男は令嬢と隣同士に座った。

恵夢を残し、御者はすぐに馬車を走り出させた。

「よろしく、厚子《あつこ》です」

「登喜男です」

狭い中で厚子が言うと、ふんわりと甘い匂いが中に籠もった。彼女は物怖《ものお》じせず、じっと彼の横顔を見つめ、好奇心を丸出しにさせてきた。

恵夢からもらった情報によると、彼女は十八歳の東小路《ひがしこうじ》厚子。父親は外務卿《きょう》の書記官をしている官僚で男爵。

江戸時代の生まれで厚子というのは進歩的な名だった。

今日は麴町《こうじまち》にある彼女の屋敷に呼ばれ、厚子に家庭教師をすることになっている。登喜男は、洋行帰りという触れ込みで、厚子も父親の影響からか、かなりの外国かぶれのようだった。

髪はマーガレットという、三つ編みを長く垂らし、白い洋服は尻が持ち上がったバッスルドレス。

瓜実顔《うりざねがお》のなかなかの美形だが、当然ながらまだ処女だろう。

「登喜男さん、外国は、どちらへ？」

「イギリスからヨーロッパの各地と、あとアメリカも回って帰国したばかりです」

訊かれて、登喜男も恵夢から教わった通りに答えた。

洋行などしたことはないが、まだ海外も知らぬこの時代の娘を煙に巻くぐらい造作もないだろう。

「そう、すごいわ。あちらはずいぶん進んでいるのでしょう。ビルも工場も」

「ええ、でも日本の産業も馬鹿にしたものじゃありませんよ」

「いいえ、日本なんて古くさいばかりで、まだまだですわ。来年、鹿鳴館が出来たらダンスも習わなくては」

厚子は言い、期待に胸を膨らませているようだ。自分の婿も、そうした進歩的な男を選びたいのだろう。

登喜男は窓から出来たばかりの東京の町を眺め、和洋入り乱れた風景を奇妙に感じた。それは彼自身が、ずいぶん江戸に親しんでいた証《あか》しなのかも知れなかった。

2

「では、いろいろ教えて下さいね。ここへは誰も来ませんから」

部屋に入ると、厚子が黒目がちの眼差《まなざ》しでじっと登喜男を見つめながら言った。

江戸時代の女性は、こんなにはっきり男の顔を見る人はいなかったから、明治維新の僅かの間に大きく世の中が変わったのだろう。

麴町の屋敷は、大きな洋風二階建てで、厚子の部屋は二階にあった。

庭では御者が馬の手入れをし、階下には何人かの女中がいるようだ。

厚子の父親は仕事で遅く、母親はすでに亡いらしい
室内には輸入物らしい天蓋付きのベッド、飾り付けの凝った窓枠にレースのカーテン、大きな時計にオルゴール、西洋人形なども置かれていた。

この時代でも恵夢は巧みに厚子に接して信用を得て、買い物の帰りに神田の家

に寄るよう言っていたのだろう。

家庭教師と言っても、教科書や試験があるわけではないので、外国の話を聞きたいだけのようだった。

「ね、西洋では男女の仲も進んでいるのでしょう？　七歳にして席を同じゅうせずなんて、日本は長く古い習慣だったから、あらためないといけないですわよね」

厚子は、彼を椅子に座らせ、自分はベッドの端に腰を下ろして言った。

もちろん登喜男も、恵夢からここで厚子を抱いて子種を仕込むよう指令されているのだから、すでに痛いほど股間が突っ張ってきてしまった。

「ええ、特に女性は進んでいますよ。結婚相手と決める前にも、まず情交を試してしまう人も多いようです」

「まあ……」

言うと、厚子は驚きに嘆息しながらも目をキラキラさせ、甘ったるい汗の匂いを揺らめかせた。

「ね、登喜男さんはキッスしたことある？」

「え、ええ。アメリカの晩餐会《ばんさんかい》でいきなり娘に奪われてしまいました。でも、軽く触れただけですけれど」

「まあ、どんな感じでしたの？」

厚子が、嫉妬するでもなく好奇心を前面に出し、身を乗り出してきた。

「とっても胸がドキドキして、いや、厚子さんも試してみますか？」

登喜男が言うと、彼女はビクリと身じろいだが、すぐに決心したようだ。

こうしたことでためらわないのが、西洋に通用する進歩的な近代女性と信じているのかも知れない。

「ええ、登喜男さんがして下さいますの？」

「お嫌でなかったら」

登喜男も積極的に答え、椅子から彼女の隣に移動して座った。

そして肩を抱いて引き寄せ、さすがに緊張と羞恥に俯《うつむ》きがちな頬にそっと手を当て、顔を寄せていった。

間近に白い顔が迫り、厚子はつぶらな目で彼を見つめていたが、やがて近すぎて眩《まぶ》しがるように、長い睫毛《まつげ》を伏せた。

唇を重ねると、柔らかな感触と唾液の湿り気が感じられ、薄化粧の香りに混じり、ほのかに甘ったるい汗の匂いも鼻腔《びこう》をくすぐってきた。

鼻から切れぎれに洩《も》れる息は生温かく湿り気があり、ほんのり甘酸っぱい芳香が含まれていた。

そろそろと舌を挿し入れて唇の内側の湿り気を舐《な》めると、やがて硬く滑らかな歯並びに触れた。

舌先で左右に歯並びをたどり、ピンクの歯茎も舐め回すと、

「ああ……」

息苦しくなったように、厚子も小さく声を洩らして歯を開いた。

口の中は、さらに熱い果実臭が馥郁《ふくいく》と籠もり、彼は舌を侵入させて舐め回した。

明治時代の令嬢の舌も、オズオズと触れてきたが、次第に慣れてきたようにチロチロとからみつくように蠢《うごめ》いた。

登喜男は美少女のかぐわしい息に酔いしれ、生温かくトロリとした唾液をすすりながら執拗《しつよう》に滑らかな舌を舐め回し、後戻りできないほど勃起していった。

心ゆくまで唾液と吐息を貪り、ようやく唇を引き離すと、

「アア……」

厚子が熱く喘《あえ》ぎ、力が抜けたように彼の方にもたれかかってきた。

「大丈夫？」

「ええ……、本当に胸がドキドキして苦しいわ……」

囁《ささや》くと、厚子もすっかり頬を紅潮させ、とろんとした眼差しで声を震わせた。

「苦しいなら、脱いでしまって」

「まあ……、最後まで、私を奪おうとなさるの……？」

「ええ、洋書に書かれていた通りに、西洋式の情交を試してみたいです」

言うと、西洋かぶれの厚子は、それだけで全てを捧《ささ》げる気になったようだった。

「では、登喜男さんも脱いで……」

彼女は言い、フラつきながら立ち上がり、バッスルドレスを脱ぎはじめていった。

登喜男も上着を脱いで椅子にかけ、蝶タイとサスペンダーを外してズボンを脱いだ。

厚子がドレスを脱ぐと、たちまち甘ったるい匂いが解放され、一気に白い肌の露出が多くなった。

ブラとコルセットが一緒になったような下着を脱ぐと、愛らしい処女のオッパイが露《あら》わになり、さらに彼女はベッドに腰を下ろして長靴下も脱いだ。

その間に登喜男もシャツと靴下、下着まで脱ぎ去って全裸になると、厚子も最後の一枚を脱ぎ去り、一糸まとわぬ姿でベッドに横たわった。

登喜男も添い寝し、白く滑らかな生娘の肌を見下ろした。

乳房は案外豊かで形良く、乳首と乳輪は実に初々しい淡い色合いをしていた。

「じゃ、嫌だったら言って下さいね」

彼は律儀に言ってから、薄桃色の乳首にチュッと吸い付いていった。

「あう……」

厚子がビクリと身じろいで呻《うめ》き、彼は柔らかな膨らみに顔中を押し付け、コリコリと硬くなった乳首を舌で転がした。

充分に味わってから、もう片方の乳首も含んで舐め回すと、

「アアッ……！」

厚子は喘ぎ、少しもじっとしていられないようにクネクネと身悶《みもだ》え、甘ったるい汗の匂いを揺らめかせた。

両の乳首を交互に吸ってから、もちろん彼女の腕を差し上げ、腋《わき》の下にも鼻を埋め込んで、生ぬるく甘ったるい汗の匂いを嗅いでから舌を這《は》わせた。

もちろんドレスを着るようになり、上流の令嬢は腋毛を剃《そ》るようになったが、微《かす》かな剃り跡のざらつきが新鮮に舌に感じられた。

3

「ああ……、ダメ、くすぐったいわ……」

厚子が身をくねらせて喘ぎ、ヒクヒクと肌を波打たせた。

そのまま彼は脇腹を舐め下り、真ん中に戻って愛らしい臍《へそ》を舐め、ピンと張り詰めた下腹から腰骨、さらにムッチリと張りのある太腿《ふともも》へと舌でたどっていった。

令嬢の肌はどこもスベスベで、実に滑らかな舌触りだった。

足首まで行くと、足裏に回り込んで踵《かかと》から土踏まずを舐め、縮こまった足指の間にも鼻を割り込ませて嗅いだ。

そこは汗と脂にジットリ湿り、生ぬるくムレムレになった匂いが悩ましく籠もっていた。やはり上流の令嬢でも、隅々は自然なままの匂いをさせているのだ。

充分に蒸れた匂いを貪ってから爪先にしゃぶり付き、順々に指の股に舌を挿し入れていくと、

「あう……！　あ、足を舐めるなんて……」

厚子が驚いたように声を震わせ、ビクッと反応して言った。

「西洋では、隅々まで舐めるのが礼儀なんですよ」

登喜男は出任せを言いながら、全ての指の間を味わい、もう片方の爪先にもしゃぶり付いていった。

「そ、そんな、汚いのに……」

「お嬢様に汚いところなどないのですから、どうか力を抜いて」

登喜男は言いながら足を舐め尽くし、やがて脚の内側を舐め上げて、股間に顔を進めていった。

両膝の間に顔を割り込ませ、白く張りのある内腿を舐め上げていくと、股間からは熱気と湿り気が漂い、彼の顔中を艶《なま》めかしく包み込んできた。

両脚を全開にして顔を寄せても、もう厚子は朦朧《もうろう》となり、すっかりされるままになっていた。

ぷっくりとした股間の丘には、楚々《そそ》とした若草がほんのひとつまみ煙り、割れ目からは僅かにピンクの花びらがはみ出していた。

そっと指で陰唇を広げると、

「ああ……、恥ずかしいわ……」

進歩的な令嬢も、さすがに男の前で股を開いているのは堪えられないように嫌々をして喘いだ。
しかし割れ目内部はネットリと蜜が溢《あふ》れ、ピンクの柔肉がヌメヌメと潤ってい
た。
無垢《むく》な膣口《ちつこう》が花弁状に襞《ひだ》を入り組ませて息づき、ポツンとした尿道口もはっき
り確認でき、包皮の下からは真珠色の光沢あるクリトリスがツンと突き立ってい
た。
もう堪《たま》らず、登喜男は彼女の中心部にギュッと顔を埋め込んでしまった。
柔らかな恥毛に鼻を擦《こす》りつけると、汗とオシッコの匂いが生ぬるく籠もり、悩
ましく鼻腔を刺激してきた。
いかに上流の令嬢でも、まだシャワーもトイレ洗浄機も無い時代だから、ほと
んど江戸時代と同じぐらい体臭は生々しく沁み付いているのだった。
登喜男は何度も深呼吸して、令嬢の匂いで胸を満たし、舌を這わせていった。
陰唇の内側に舌先を差し入れ、膣口の襞をクチュクチュ掻《か》き回《まわ》すと、汗かオシ
ッコか判然としない味わいに混じり、やはり淡い酸味のヌメリが感じられた。
そして柔肉をたどってクリトリスまで舐め上げていくと、
「アッ……！」

厚子が電撃にでも痺《しび》れたようにビクッと反応し、顔を仰《の》け反《ぞ》らせて喘いだ。なおもチロチロと舐めると、内腿がムッチリと彼の顔を挟み付け、ヒクヒクと白い下腹が波打った。

「だ、駄目……、恐いわ……」

「気持ちいいでしょう？」

「ええ……、だけど、頭の天辺《てっぺん》にまで響いてくるようで……」

股間から囁くと、厚子は自身に芽生えた感覚を探るように答えた。どうやらオナニーも未経験なのだろう。

確かに刺激が強いだろうから、彼はソフトタッチに切り替えて舐め、新たに溢れた愛液をすすった。

そして彼女の両脚を浮かせ、白く丸い尻の谷間に迫っていった。

薄桃色のツボミが恥じらうようにキュッと閉じられ、綺麗《きれい》な襞が震えていた。

鼻を埋め込むと顔中に双丘が心地《ここち》よく密着し、汗の匂いに混じって秘めやかな微香が悩ましく鼻腔を刺激してきた。

登喜男は令嬢の恥ずかしい匂いを存分に嗅いでから舌を這わせ、襞を濡《ぬ》らしてヌルッと潜り込ませた。

「あう……！　な、何をするの……」

厚子は驚いたように呻き、反射的にキュッと肛門《こうもん》で舌先を締め付けてきた。

登喜男は滑らかな粘膜を味わい、舌を出し入れさせるように蠢かせた。

すると鼻先にある割れ目からは、トロトロと新たな愛液が大量に漏れてきた。

それを舐め取り、再びクリトリスに舌を戻して吸い付くと、

「も、もう堪忍……、アアーッ……！」

厚子は身を弓なりに反らせて硬直したまま、声を上ずらせて喘いだ。

どうやら小さなオルガスムスに達してしまったようで、あとはグッタリとなり、
ハアハアと荒い呼吸を繰り返すばかりになってしまった。

ようやく登喜男も身を起こし、そのまま股間を進めていった。

急角度のペニスに指を添えて下向きにさせ、先端を擦りつけてヌメリを与えながら位置を定めた。

やがて息を詰め、ゆっくり挿入していくと、張りつめた亀頭が処女膜を丸く押し広げ、ズブズブと潜り込んでいった。

「く……！」

朦朧としていた厚子が呻き、ビクリと肌を強《こわ》ばらせて眉をひそめた。

しかし、さすがに初回が痛いぐらいの知識はあるのだろう。拒むこともなく、根元まで受け入れていった。

登喜男も、肉襞の摩擦と潤い、熱いほどの温《ぬく》もりに包まれながら股間を密着させ、身を重ねていった。

すると厚子も無意識に、下から両手を回してきつくしがみついてきた。

じっとしていても、息づくような収縮がペニスを刺激してきた。

しかし充分に濡れるほど舐めたのだから、この時代の普通の男にされるよりは、ずっと楽な初体験だったはずだ。

登喜男は温もりと感触を味わいながら、再び唇を重ねていった。

4

「ンン……」

厚子も、次第に破瓜《はか》の痛みが麻痺《まひ》してきたように熱く鼻を鳴らし、登喜男の舌に吸い付いてきた。

彼は充分に舌をからめ、令嬢の唾液と吐息に酔いしれながら、徐々に腰を突き動かしはじめた。

「あぁッ……！」

厚子が口を離し、ビクッと顔を仰け反らせて喘いだ。

「大丈夫？」

「ええ……、どうか最後まで……」

気遣って囁くと、厚子も健気《けなげ》に答えた。さすがは恵夢が選んだ抜群の相性だし、また彼女も、ここで大人になることを求めているのだった。

だから登喜男も、遠慮なくフィニッシュを目指して勢いを強めた。元より後戻りできないほど快感が高まり、すぐそこまで絶頂が迫っていた。

愛液の量も充分なので、次第に動きが滑らかになり、律動に合わせてクチュクチュと湿った摩擦音も聞こえてきた。

「アア……！」

快感に任せ、股間をぶつけるように突き動かすと厚子が熱く喘ぎ、登喜男も甘酸っぱい果実臭の吐息を心ゆくまで嗅ぎながら、とうとう昇り詰めてしまった。

「い、いく……」

彼は突き上がる大きな絶頂の快感に貫かれて口走り、同時に、熱い大量のザーメンをドクンドクンと勢いよく柔肉の奥にほとばしらせた。

「ああ……、熱いわ……」

痛みの最中でも、奥深い部分を直撃する噴出を感じた厚子が喘いだ。

この子種がまた、日本の未来を左右する人物になると思うと、登喜男も快感を嚙《か》み締《し》めながら心置きなく最後の一滴まで出し尽くしていった。

すっかり満足して徐々に動きを弱め、いつしかグッタリと身を投げ出している厚子にもたれかかった。

そして息づく柔肌の温もりと膣内の収縮を味わい、かぐわしい息を嗅ぎながらうっとりと余韻を嚙み締めた。

やがて愛液とザーメンにまみれたペニスが、きつい膣内の締まりに押し出されてゆき、登喜男も身を起こして股間を引き離した。

割れ目を見ると、陰唇が痛々しくめくれ、膣口から逆流するザーメンに鮮血が混じっていた。

「紙は……」

まだティッシュなるものはなく、彼は周囲を見回した。

「いいわ、このまま浴室へ……」

放心していた厚子が小さく言い、ノロノロと身を起こしてきた。

登喜男も支えながら一緒にベッドを降り、彼女の案内で部屋を出た。

幸い、二階にもバスルームがあり、階下の女中などに知られることもなかった。

タイル張りのバスルームに、飾り付けのあるバスタブが据えられ、昨夜のものらしい湯が残っていた。

厚子は手桶《ておけ》でぬるい湯を汲《く》み、自分で股間を流し、登喜男も手伝って割れ目を洗った。

やがて互いの股間を洗うと、登喜男はタイルの床に座ったまま、目の前に厚子を立たせ、片方の足をバスタブのふちに乗せさせた。

「オシッコを出してみて下さい」

「え……、なぜ、そんなことを……」

「生娘でなくなったばかりのオシッコは縁起物なのです」

登喜男は出任せを言いながら彼女の腰を抱え、股間に顔を埋《うず》めた。

濡れた恥毛に籠もっていた匂いの大部分は薄れてしまったが、それでも割れ目を舐めると新たな愛液が溢れ、淡い酸味のヌメリが舌の動きを滑らかにさせた。

「アア……、本当に、出してよろしいのですか……」

厚子はガクガクと膝を震わせて喘ぎ、登喜男も返事の代わりに愛液をすすり、クリトリスに吸い付いた。

「あう……、吸うと、出ちゃいますわ……」

厚子は声を上ずらせ、同時に柔肉が迫《せ》り出《だ》すように盛り上がり、味わいと温もりが変化してきた。

「ああ……、離れて……」

彼女は言いながら、ポタポタと温かなシズクを滴らせていたが、間もなくチョロチョロと放ちはじめた。

それを舌に受けて味わい、さらに勢いを増して注がれる流れを彼は飲み込んだ。味も匂いも淡く上品で、喉を潤しながら登喜男は甘美な悦びで胸を満たした。

「アア……、駄目……」

厚子は彼の頭に両手で摑《つか》まりながら喘ぎ、それでもゆるゆると放尿を続けてくれた。

そして勢いのピークを過ぎると急激に流れが衰え、再びシズクが滴るだけとなってしまった。

登喜男は残り香を味わいながら割れ目に舌を這わせ、愛液の混じった余りのシズクをすすった。

「も、もう、堪忍……」

厚子は声を洩らし、足を下ろしてクタクタと座り込んでしまった。

それを抱き留めて座らせ、登喜男は入れ替わりに身を起こしてバスタブのふちに座り、厚子の顔の前で股を開いた。

「まあ……」

朦朧としながらも、ムクムクと回復するペニスを目の当たりにした令嬢が目を見開いて声を洩らした。

「これが入ったのね。こんなに太く大きなものが……」

「ええ、どうか可愛《かわい》がって下さい」

登喜男は、令嬢の熱い視線と息を感じ、幹をヒクヒクさせて言った。

厚子も恐る恐る指を這わせ、幹と陰嚢《いんのう》、張りつめた亀頭に順々に触れてきた。

「どうか、お口で」

登喜男が言って、先端を厚子の口に突きつけると、彼女もそっと味見するように舌を這わせてから、亀頭を含んでくれた。自分も舐めてもらったのだから、あまり抵抗もないようだった。

「ああ……、気持ちいい……」

彼は無邪気にチロチロ蠢く舌に刺激され、最大限に回復しながら喘いだ。

厚子も、彼が感じてくれるのが嬉《うれ》しいように、熱い鼻息で恥毛をくすぐり、上気した頬をすぼめて吸ってくれた。口の中ではクチュクチュと舌がからみつき、登喜男は急激に高まった。

「い、いく……、飲んで……」

オルガスムスに達しながら口走り、登喜男はズンズンと股間を前後させ、清らかな唇の摩擦に身悶えた。同時にありったけのザーメンが勢いよくほとばしり、彼女の喉の奥を直撃した。

「ク……」

厚子が驚いたように呻いたが、ドクドクと脈打つ噴出を受け止め、言われた通りゴクリと飲み込んでくれたのだった。

5

「本当に、今日は驚くことばかりでしたわ」

歩きながら、厚子が登喜男に言った。

後悔もないようで、未知の世界を覗《のぞ》いた悦びを、羞《は》じらいとともに胸に刻みつけたようだった。

二人とも洋装に身を包み、彼女は離れがたい思いで、途中まで送ってくれていた。

もう日は西に傾き、明治の東京は暮れようとしていた。

「でも本当に、あのようなことが洋式なのでしょうか」

「足やお尻を舐めることですか？」

「まあ……」

言うと、厚子は快感を甦《よみがえ》らせたように歩調を弱めて俯いた。

二人は麴町から、千鳥ヶ淵《ちどりがふち》に近づいていた。

登喜男は、途中で空俥が通れば、そこで彼女と別れて神田に向かうつもりだった。

と、その時である。

二人の周囲を、バラバラと出て来た数人の男たちが取り囲んだ。

「な、何だ……」

登喜男は、思わず厚子を後ろに庇《かば》いながら声を震わせた。

全部で五人。みな着流しで、手に手に抜き放った短刀を持っている。

「男女が並んで歩くのも洋式か。この西洋かぶれどもめが」

正面の中年男が言う。彼だけは短刀ではなく、仕込《しこ》み杖《づえ》だった。

どうやら破落戸《ごろつき》ではなく、新政府に不満を持つ旧士族のようだ。

飲みに出て鬱憤を晴らそうとしているところへ、洋装の二人が通りかかったので、からんできたのだろう。

「見せしめだ。血祭りに上げてやれ」

「そ、そんな……」

首領らしい中年男の言葉に、登喜男は震え上がりながら厚子とともに後退した。

連中も殺気だって短刀を構え、じりじりと迫ってきた。

登喜男は懸命に恵夢にテレパシーを送ったが、何の応えもなかった。

だが、その時だった。

連中と登喜男たちの間に、一台の人力車が割り込んできたのである。

「邪魔だ。のけ、俥屋！」

一人が叫んだが、梶棒を下ろした車夫がいきなり相手の利き腕を摑み、電光のように素早い背負い投げを打っていたのだった。

「うわ……！」

男は短刀を握ったまま声を上げ、大きく放物線を描いて宙を舞い、千鳥ヶ淵に叩《たた》き込まれていた。

車夫は饅頭笠を取り、なおも連中に向かって身構えた。

「し、四郎君……」

登喜男は目を丸くした。それは神田まで恵夢を乗せてきた車夫、四郎と呼ばれた少年であった。

「まだ小僧じゃねえか。邪魔するか！」

他の連中は四郎の幼顔を見て、一斉に突きかかってきた。

しかし、四郎の強いこと。手近のものから懐へ飛び込み、腰投げに一本背負い、巴投《ともえな》げなどを駆使し次々に堀へ叩き込んでいったのだった。

残るは中年男だけで、彼は目を丸くしながら仕込み杖の白刃を抜いて身構えた。

と、そこへ一人の洋服の紳士が、おもむろに人力車から降りてきたのである。

髭《ひげ》を蓄えているが若い、まだ二十代前半であろう。

「得物《えもの》をしまいなさい。この者には敵《かな》わぬ」

紳士が言い、只《ただ》ならぬ雰囲気に男はたじろいだ。

「な、何者……！」

「講道館《こうどうかん》の嘉納治五郎《かのうじごろう》である。この者は、門人の西郷《さいごう》四郎」

紳士が言うと、見ていた登喜男も目を丸くした。

嘉納治五郎と言えば近代柔道の父で、この頃は下谷《したや》のお寺に住んで、そこを道場にしていたという。勤めは学習院《がくしゅういん》の教師だから、今はその帰り道なのだろう。

そして門弟の西郷四郎は、のちの柔道小説『姿三四郎《すがたさんしろう》』のモデルとなる天才柔道家で、この頃は足腰の鍛錬のため車夫をしていたようだった。

「が、学習院の嘉納か。あんたのように小器用に時流に乗れるものは良い。我ら幕臣上がりは職もなく日々を送っているのだ」

男が言う。

「だから無頼に落ちるのか。名乗れ」

「な、名乗らん。今に見ておれ！」

男は背を向け、脱兎《だっと》のごとく駆け出していった。

「四郎。まずお嬢さんを送ってやれ」

「は！　どうぞ」

男が去ると治五郎が言い、四郎は厚子に向かって俥を向けた。

厚子も辞儀をし、まだ恐怖に震えながら俥に乗った。

「では」

饅頭笠を被《かぶ》った四郎が、治五郎と登喜男に会釈をし、梶棒を上げて走り去った。

「あ、有難うございました」

登喜男は、あらためて治五郎に深々と頭を下げた。

「うむ、大丈夫なようだな」

治五郎は堀を見下ろし、投げ込まれた四人が向こう岸に這い上がるのを確認して言った。

登喜男はこの偉人とどんな話をして良いか分からず、ただ緊張に佇《たたず》むばかりだった。

しかし、そこへ空俥が通りかかった。

「どうぞ、お行きなさい。私はここで四郎を待ちますので」

「そうですか。では失礼します」

治五郎に言われ、登喜男は恐縮しながら乗り込んで神田へと向かったのだった。

家に帰ると、恵夢が待っていた。

「恐かったよお。死ぬかと思ったんだよ」

登喜男は、甘えるように恵夢の胸に縋《すが》り付《つ》いた。

「ええ、無事に帰ることは歴史上の事実だったから、テレパシーも受け付けなかったわ」

恵夢は言い、それでも彼が求めるまま唇を重ね、舌をからめてくれた。

しかし、登喜男がうっとりする間もなく、すぐに彼女はサッと口を離した。

「命中していないかも……」

「え……？」

「明日、もう一度した方がいいわね」

アンドロイドの恵夢が言う。どうやら彼の唾液を分析し、厚子のオシッコも飲んだことだし、全ての成分で厚子が妊娠したかどうか瞬時に判断したようだった。

6

「下谷の永昌寺《えいしょうじ》へ行った帰りですの」

翌日の昼前、厚子が神田の家を訪ねてきて言い、在宅していた恵夢と登喜男が彼女を迎えた。

「そうですか」

「ちょうど、嘉納様と西郷様もいらっしゃったのでお礼申し上げておきました」

厚子が言う。

馬車で来たらしいが、通りの邪魔になるので、いったん帰し、小一時間後に迎えに来るよう言ったようだ。

永昌寺は治五郎が下宿している寺で、講道館発祥の地である。厚子は治五郎のことを父親に訊いて礼に行ったようだが、それほど治五郎は有名なようだった。

確かに、東京大学を出て教師をしながら、廃れかけた柔術に新たな命を吹き込んだのだから、一風変わった人物に見られているのかも知れない。

「あの、厚子様。昨日、弟がしたことについてですが、実はもう一度、私の前でして頂きたいのです」

「え？　何のことでしょう」

いきなり恵夢が言うと、厚子も面食らったように聞き返した。

しかし、すでにこの時代でも恵夢は、相当に厚子の信頼を得ているようで、しかも恵夢の言葉は催眠術のように厚子の内部に響き、従わざるを得ない状況に陥ってしまったようだった。

「さあ登喜男。床を敷いて裸におなり」

恵夢に言われると、登喜男も立ち上がって押し入れから布団を出して敷き延べ、作務衣を脱いで全裸になっていった。

どうやら一対一ではなく、恵夢が同席するようで、彼は新鮮な期待と興奮に激しく勃起してきた。

「まあ、いったい何を……」

厚子が驚いて言ったが、そのドレスの裾を恵夢がめくり上げた。

「さあ、全部脱がなくて結構ですので、下着だけ」

恵夢が迫って囁くと、厚子も酔ったように朦朧となり、フラフラと従ってしまった。

そして全裸になった登喜男が布団に仰向《あおむ》けになると、厚子も恵夢の手により下着を引き脱がされていた。

「では失礼、少しだけ」

恵夢が言うなり、厚子を仰向けにさせて裾をめくり、その股間に顔を埋め込んだ。

「アア……、恵夢様、何をなさいます！」

厚子は驚いてもがいたが、恵夢は構わず割れ目を舐め回した。

そして、すぐに妊娠していないことを確認すると顔を上げ、厚子を起こし、一緒に彼のペニスに顔を寄せてきたのである。

「さあ、入れる前に、舐めて濡らしましょうね」

恵夢は甘い声で囁き、手本を示すように先端にチロチロと舌を這わせてきた。

「ああ……」

唐突な快感に登喜男は喘ぎ、二人の美女の鼻先でヒクヒクと幹を震わせた。

「さあ、厚子様もこのように」

恵夢が言って先端を向けると、厚子も同じようにペロペロと尿道口を舐め回し、滲《にじ》む粘液を拭ってくれた。

さらに恵夢は陰嚢にも舌を這わせ、多くのザーメンの製造を促すように刺激してきた。

そして厚子の腰あたりにも巧みに指を這わせているので、ツボを刺激し排卵を促進させているのかも知れない。

とにかく登喜男は、二人分の熱い視線と吐息、舌の愛撫を股間に受けて最大限に勃起していった。

恵夢も充分に二つの睾丸《こうがん》を舌で転がしてから、彼の脚を浮かせた。

「さあ、ここも舐めて上げて。昨日、厚子様も充分に舐めてもらったでしょう」

恵夢が尻の谷間を開いて囁くと、厚子も先端から移動し、ためらいなく彼の肛門にチロチロと舌を這わせてくれた。

「中にも潜り込ませて」

恵夢が言うと、厚子は厭《いと》わずヌルッと舌先を潜り込ませ、

「く……！」

登喜男は妖しい快感に呻きながら、モグモグと肛門で令嬢の舌先を締め付けた。

そして恵夢に操られながら、厚子は彼の肛門から陰嚢をしゃぶり、恵夢も一緒になってペニスを舐め上げてきた。

二人の舌先が先端に這い、交互に亀頭が含まれてしゃぶられた。

「ああ……」

登喜男は夢のような快感に喘ぎ、絶頂を迫らせて腰をくねらせた。

もちろん、ここで射精してしまうわけにいかないが、ダブルフェラはあまりに心地よかった。

二人分の舌が亀頭に這い、交互に含まれるたび、混じり合った唾液でペニス全体が生温かくまみれた。

股間には二人の熱い吐息が混じり合って籠もり、いよいよ危ういというところで二人の舌が離れた。

「さあ、跨《また》いで舐めてもらって」

「跨ぐのですか……」

「ええ、その方が悦ぶから」

恵夢に言われ、身体《からだ》を支えられながら厚子が身を起こしてきた。そして恐る恐る、仰向けの登喜男の顔に跨がり、ドレスの裾をめくり上げ、ゆっくりと和式トイレスタイルでしゃがみ込んでいった。

顔の左右に踏ん張る脚は長靴下に覆われているが、股間は丸見えになり、すでに濡れはじめている割れ目が彼の鼻先に近々と迫ってきた。

脚がM字になり、股間から発する熱気と湿り気が顔中を包み、割れ目から溢れる愛液は、今にもトロリと滴りそうなほどシズクを脹《ふく》らませていた。

「ああ、恥ずかしいわ。こんな格好……」

厚子がか細く言い、ムッチリと張り詰めた内腿を震わせた。

登喜男も彼女の腰を抱き寄せ、柔らかな若草に鼻を埋め込んで嗅いだ。

今日も甘ったるい汗の匂いが濃厚に籠もり、残尿臭の刺激も心地よく鼻腔をくすぐってきた。

やがて登喜男は充分に嗅いでから真下から舌を這わせ、淡い酸味の蜜をすってクリトリスに吸い付いていった。

7

「アア……、いい気持ち……」

厚子が白い下腹をヒクヒク波打たせて喘ぎ、トロトロと大量の愛液を漏らしてきた。

登喜男は膣口とクリトリスを存分に舐め回し、尻の真下にも潜り込み、ピンクの肛門にも鼻を埋めて悩ましい微香を嗅ぎ、執拗に舌を這わせた。

「あうう……、駄目……」

厚子が朦朧として言い、潜り込んだ舌先を肛門でキュッと締め付けてきた。

「さあ、もういいでしょう。上から入れて下さいな」

恵夢が言い、厚子の身体を支えながら、仰向けの登喜男の身体の上を移動させた。

厚子も素直にペニスに跨がると、恵夢が裾をめくって幹を支え、先端を膣口に誘導していった。

「さあ、座って」

言うと厚子もそろそろと腰を沈め、屹立《きつりつ》した肉棒をヌルヌルッと滑らかに受け入れていったのだった。

「アアッ……」

根元まで貫かれると、厚子はビクッと顔を仰け反らせて喘ぎ、完全に座り込んでピッタリと股間同士を密着させた。

登喜男も、肉襞の摩擦と締め付けに包まれ、股間に令嬢の重みを感じながら快感を高めていった。

厚子も昨日の初回ほどの痛みは感じていないようで、それは恵夢による操作が大きいのだろう。

やがて厚子が身を重ねてくると、介添えの恵夢も隣に添い寝してきた。

「さあ、自分から動いて。すごく気持ち良くなるわ」

恵夢が囁くと、厚子が腰を遣いはじめた。

登喜男も下から両手で令嬢にしがみつき、僅かに両膝を立ててズンズンと股間を突き上げた。

大量の愛液がピチャクチャと淫らな摩擦音を立て、互いの動きも次第に滑らかに一致していった。

「アア……、き、気持ちいいわ……」

「そうでしょう。もっと動いて。やがて天にも昇る気持ちになるから」

厚子が喘ぐと恵夢も囁き、なおも彼女の腰あたりのツボを刺激しているようだった。

登喜男も高まり、下から厚子の唇を求めていった。

すると何と、横から恵夢も顔を割り込ませて舌を差し出してきたのである。

何という夢のような快感であろう。令嬢と交わりながら、二人分の舌を舐め、混じり合った唾液が味わえるのである。

二人もことさらに唾液を分泌させ、登喜男は生温かく小泡の多いミックスシロップを味わい、心ゆくまで喉を潤した。

そして厚子の甘酸っぱい果実臭の吐息に混じり、恵夢の甘い息の匂いも鼻腔を刺激してきた。

三人が鼻先を突き合わせているので、登喜男の顔中は二人の息にジットリと湿り気を帯びるほどだった。

彼は二人分の息の匂いと唾液に酔いしれ、それぞれ滑らかに蠢く舌を舐め回しながら、次第に激しく股間を突き上げ、たちまち昇り詰めてしまった。

「く……！」

突き上がるオルガスムスの快感に呻くと同時に、大量の熱いザーメンがドクンドクンと厚子の膣内にほとばしった。

「あぁッ……、いい……！」

噴出を受けた途端、厚子も絶頂のスイッチが入ったように声を上ずらせ、ガクガクと狂おしい痙攣《けいれん》を開始した。

膣内の収縮も最高潮になり、内部に満ちるザーメンを飲み込むようにキュッキュッときつく締まった。

登喜男は二人の顔を抱き寄せながら三人で舌をからめ、心置きなく最後の一滴まで出し尽くしていった。

「ああ……」

満足しながら声を洩らし、彼は徐々に突き上げを弱めてゆき、グッタリと身を投げ出していった。

すると厚子も力尽きたように、全身の強ばりを解いて彼に体重を預けてきた。

ヒクヒクと収縮する膣内で、ペニスも過敏に反応して震え、登喜男は二人分のかぐわしい息を嗅ぎながら、うっとりと快感の余韻を嚙み締めた。

厚子も失神したようにもたれかかり、初めての快感に戦《おのの》きながら息を震わせていた。

やがて厚子が呼吸を整えると、恵夢が支えながら股間を引き離させ、ゴロリと仰向けにさせた。

そして恵夢は、ドレスの内側を汚さないよう濡れた割れ目に舌を這わせたのだ。

「アア……」

厚子が声を洩らし、登喜男も横から彼女を抱いてやった。

（大丈夫。今度はちゃんと着床したわ）

舐めている恵夢の心の声が、登喜男の頭の中に聞こえてきた。

恵夢は見えない触手を厚子の体内に伸ばし、確認したようだった。

（令嬢が妊娠したりして、大丈夫なの？）

（ええ、彼女は来月にも若い外交官と結婚する予定だから、誰もが新婚で出来た子だと思うわ）

テレパシーで訊くと、恵夢の答えが返ってきた。

（これで、次は大正時代に飛ぶわ。もうこの家も取り壊しだから、別の場所を用意しておくわね）

恵夢が、厚子の割れ目の処理を済ませ、顔を上げて言った。

（そう、江戸からある家だから名残惜《なごりお》しいね）

登喜男も答え、あらためて見慣れた天井を見つめた。

「ああ……、本当に、宙に舞うように気持ち良かったわ……」

ようやく息を吹き返した厚子が言い、恵夢が彼女に下着を穿かせてやった。

すると厚子が身を起こし、満足げに萎えているペニスに屈《かが》み込《こ》み、愛液とザーメンに濡れた先端を舐めてくれた。

「あうう……」

登喜男は過敏に反応して呻き、クネクネと腰をよじらせた。

「この味と匂い、忘れないわ」

やがて舌を引っ込めた厚子が言う。彼女もまた、登喜男と一緒になれない宿命は悟っているのだろう。

「さあ、そろそろお迎えが来るでしょう」

「ええ、外で待ちますわ」

恵夢に促され、厚子は髪を整えて立ち上がった。そして彼女は登喜男に会釈し、恵夢と一緒に部屋を出て行った。

（嬉しいけど、寂しい……）

部屋に残った彼は天井を見つめながら、次はどんな女性と出会うのだろうと思った。

第四章　モダンガールの母乳

1

「あ……、ここは……？」

目を覚ました登喜男は、身を起こして周囲を見回した。

もう馴染《なじ》みのある一軒家ではなく、やけにモダンな作りの洋間だ。ガラス窓にはカーテンが引かれ、電灯もあり、彼はベッドで目覚めたのである。

「浅草《あさくさ》にあるアパートの二階よ。今は大正五年（一九一六）」

傍らにある、木の椅子に座っていた恵夢が言う。以前のものよりやや派手な着物で、髪をアップにしていた。

「わあ、綺麗《きれい》だ」

「これは女給スタイルよ。あ、女給というのはカフェの店員」

恵夢が答え、登喜男もベッドから降りてカーテンを開けた。

「わあ、十二階《じゅうにかい》がある……」

彼は浅草の街を見回し、歓声を上げた。

手前は平屋や二階建ての家屋がひしめき合っているが、彼方《かなた》にあるのが花屋敷《はなやしき》か。さらに天を衝《つ》く煉瓦《れんが》造りの建物があった。

「凌雲閣《りょううんかく》。本や古い映像で見たことがあるでしょう。日本初のエレベートルが設置されたけど、すぐ故障して、今は階段で上がるの」

「登ってみたいな」

「そんな暇はないわ」

恵夢が言い、登喜男はガッカリしながらも大正の風景を目に焼き付けた。

もっとも今が大正五年なら、あと七年で大震災に見舞われ、この辺り一帯は壊滅状態になってしまうのである。

「とにかくこれを着て」

言われて、下着一枚だった登喜男は渡されたズボンを穿《は》き、シャツを羽織った。

すると恵夢が顔を寄せ、ピッタリと唇を重ねてきた。かぐわしい息を嗅ぎながら登喜男が舌をからめると、恵夢が生温かな唾液をトロトロと注ぎ込んできた。

この唾液に、この時代での情報と指令が含まれているのである。

登喜男は生きたタイムマシン、アンドロイド美女の唾液で喉を潤し、激しく勃起してきてしまった。

すぐに唇が離れ、恵夢は分厚い封筒と鳥打ち帽を渡してきた。

「た、竹久夢二《たけひさゆめじ》……？」

登喜男は、彼女の唾液に含まれていた情報に目を丸くした。

「そうよ。あなたは彼の弟子の一人。さあ、行って」

「ねえ、勃《た》っちゃったよお……」

「我慢して。今回の相手の家は近くだから」

恵夢がきっぱりと言うと、登喜男も素直に封筒をポケットに入れ、帽子を被《かぶ》って部屋を出た。

階段を下りると、そこにあった下駄《げた》を履いてアパートを出た。

振り返ると、洋風二階建てのアパートは真新しかった。しかし周囲は、江戸や明治の頃と変わらぬ、庶民の慎《つつ》ましやかな長屋が続いていた。

花屋敷や十二階へ行ったり、活動写真なども見たかったが、とにかく登喜男は頭の中に入った情報を元に、裏路地を抜けて大通りに出た。

市電の通る通りを、他の通行人たちと一緒に渡り、また路地に入ると、目当ての長屋があった。

相手の女性は、二十三歳になる風見織江《かざみおりえ》。かつて女給をしていたが竹久夢二に見出《みいだ》され、何度かモデルを務めたらしい。

この年、夢二は妻と別居して京都へ移ったばかりだった。

「ごめんください」

恵夢の情報を元に、迷わず長屋の一軒を訪ねると、織江が出て来た。

意外にもブラウスとスカートの洋服姿で、夢二のモデルらしい瓜実顔《うりざねがお》の美女である。

「あんた、まさか……」

織江は登喜男を見るなり目を丸くし、彼の手を引いて中に引っ張り込んだ。

しかし戸を閉め、あらためて彼の顔を見ると、小さく嘆息した。

「他人の空似だわね。彼が日本にいるわけないもの。で、どなた?」

織江は、彼を誰かと勘違いしていたらしい。

「ゆ、夢二先生に言付かってきました」

「とにかく上がって」

言われて、登喜男も帽子を取り下駄を脱いで上がり込んだ。

中は四畳半と三畳間。

卓袱台《ちゃぶだい》と茶簞笥《ちゃだんす》、古めかしく質素な室内だ。隣室には布団が敷かれ、二歳ばかりの子供が横になっていた。

(子持ちか……。じゃ僕との子は二番目の子ということになるな……)

登喜男は思い、卓袱台を挟んで座った。

「失礼」

すると織江はむずがっている子供を抱き上げ、向かいに座りながらブラウスのボタンを外し、白く豊かな乳房を出して乳を飲ませはじめた。

もう片方の乳首も間から覗《のぞ》け、色づいた乳輪と、ポツンと滲《にじ》んだ母乳に彼の興奮が高まってきた。

とにかく彼は、分厚い封筒を織江に差し出し、恵夢からの情報通りの言葉を述べた。

「この金で、信州に帰るようにとのことです」

言うと織江は片手で封筒を受け取り、中身を確認した。

「そう、手切れ金というわけね。こんなに沢山……、羽振りが良くなって、それで京都へ移ったのね」

織江が言う。してみると、この子供は夢二の子かも知れない。

そして彼女が故郷へ帰るなら、震災にも遭わないだろうと登喜男は安心した。

もっとも、それらは全て恵夢のシナリオ通りなのだろう。

「でも頂けないわ。先生に返して」

「いいえ、僕も先生の許《もと》を離れ、これからくにへ帰りますので、もう先生には会いません。受け取って頂かないと困ります」

「そう、律儀なのね。あなたが持ち逃げすれば良いのに」

「そうはいきません」

「分かったわ。じゃ有難く頂きます」

織江は子供を抱きながら頭を下げ、封筒を茶箪笥の引き出しにしまった。

いつしか子供は眠ってしまい、織江は立ち上がって隣室の布団に寝かせた。

「ね、来て。まだお乳が張って辛《つら》いの」

織江が言い、急に熱っぽくなった眼差《まなざ》しで彼を見た。

登喜男も立ち上がって隣室へと行き、甘い母乳の匂いに痛いほど激しく股間が突っ張ってしまったのだった。

2

「どうか後生ですから、吸い出して下さいな。これに吐き出して」

織江はチリ紙を差し出して言い、眠っている子供を隅へ追いやり、ブラウスとスカートを脱ぎ去って布団に横たわった。

乳を吸ってもらうだけなら上半身だけでも良いのに、スカートも脱ぎ去ってズロース一枚になってしまったので、登喜男も手早くシャツとズボンを脱ぎ、下着も取り去り全裸になって添い寝した。

腕枕してもらい、豊かな膨らみに迫ると、生ぬるく甘ったるい体臭が濃厚に鼻《び》腔《こう》を刺激してきた。それは、汗と母乳の入り混じった匂いだ。

目の前にある乳首は濃く息づき、乳白色の雫《しずく》が脹《ふく》らんでいた。

チュッと吸い付き、唇で挟みながら舌を這《は》わせると、

「アア……」

織江が熱く喘《あえ》ぎ、思わずギュッと彼の顔を胸に抱きすくめてきた。やはり子供に吸われるのとは勝手が違うらしい。

登喜男も夢中になって吸ううち、要領が分かってきて、生ぬるい母乳がどんどん出てくるようになってきた。

それはうっすらと甘く、飲み込むたび甘美な悦《よろこ》びが胸に広がっていった。

「ああ……、飲んでいるの……？」

織江が言い、彼の髪を掻《か》きむしるように撫《な》で回《まわ》しながら、次第にうねうねと身《み》悶《もだ》えはじめていった。

そして彼女が仰向《あおむ》けになったので、登喜男ものしかかり、もう片方の乳首も含んで吸い、母乳を吸い出して喉を潤した。

「き、気持ちいい……」

織江が、自ら豊かな膨らみを揉《も》みしだいて言い、彼が左右交互に吸い続けると、心なしか張りが和らいできたように感じられた。

「も、もういいわ。有難う。楽になったので、あとは好きにして……」

織江が身を投げ出してきたので、登喜男も母乳の残り香を味わいながら、彼女の腋《わき》の下に鼻を埋め込んでいった。

柔らかな腋毛の隅々には、甘ったるい汗の匂いが噎《む》せ返《かえ》るように濃く籠もり、彼は充分に胸を満たしてから、滑らかな肌を舐《な》め下りていった。

肌はうっすらと汗の味がし、臍《へそ》を舐めて腰からムッチリした太腿《ふともも》をたどり、脚を下降していった。

さすがにモデルをしていただけあり、実に均整の取れたプロポーションで、洋装も和服も両方似合いそうな体型である。

それでも、この時代は無駄毛処理もしていないから脛《すね》の体毛が実に色っぽかった。

まあ女性に無駄なものなどないのだから、自然のままの方が良いのだと登喜男も思いはじめていた。

足首まで行くと彼は足裏に回り込み、踵《かかと》から土踏まずを舐め、指の股に鼻を割り込ませ、汗と脂に湿って蒸れた匂いを貪った。

そして爪先にしゃぶり付いて指の間を順々に舐めると、

「あうう……、昔の男を思い出すわ……」

織江が呻《うめ》きながら言い、彼の口の中で指先を縮めた。

登喜男は両足ともしゃぶって味と匂いを貪り尽くし、やがて彼女のズロースを引き脱がせてから、開かせた股間に腹這い、顔を寄せていった。

白く量感ある内腿を舐め上げると、すでに割れ目は大量の愛液でヌルヌルになって、熱気が顔を包み込んできた。

ふっくらした下腹の丘には黒々と艶のある恥毛が濃く茂り、割れ目からはみ出した陰唇は蜜に濡《ぬ》れて色づいていた。

指で広げると、襞《ひだ》の入り組む膣口《ちつこう》が息づき、やや大きめのクリトリスがツンと突き立っていた。

堪《たま》らずに顔を埋め込み、恥毛に鼻を擦《こす》りつけて嗅ぐと、汗とオシッコの匂いが悩ましく籠もって鼻腔を刺激してきた。

登喜男は美女の匂いに噎せ返りながら舌を這わせ、淡い酸味の愛液をすすり、膣口からクリトリスまで舐め上げていった。

「ああッ……、いい……！」

織江がビクッと身を弓なりに反らせて喘ぎ、内腿でキュッときつく彼の両頬を挟み付けてきた。

登喜男は執拗《しつよう》にクリトリスを吸い、新たに溢《あふ》れる愛液を味わってから、彼女の腰を浮かせて白く豊かな尻の谷間に迫っていった。

谷間の蕾《つぼみ》は、出産の名残《なごり》でもないだろうがレモンの先のように艶《なま》めかしく突き出て、可憐《かれん》な薄桃色をして震えていた。

鼻を埋め込むと、やはり汗の匂いに混じって生々しく秘めやかな微香が籠もって胸を刺激してきた。

充分に嗅いでから舌を這わせ、襞を舐めて濡らし、ヌルッと舌先を潜り込ませて粘膜を味わった。

「く……！」

織江が呻き、モグモグと肛門《こうもん》を収縮させて舌先を締め付けた。

登喜男は舌を蠢《うごめ》かせてから、再び割れ目に戻って大洪水のヌメリをすすり、クリトリスに吸い付いていった。

「も、もう駄目……、今度は私が……」

織江が言って彼を股間から追い出し、身を起こしてきた。

登喜男も入れ替わりに仰向けになり、屹立《きつりつ》したペニスを興奮と期待に震わせた。

彼女も、登喜男を大股開きにさせて真ん中に腹這い、熱い息を籠もらせながら舌を這わせてきた。

何と織江も彼の脚を浮かせ、真っ先に肛門を舐め回してくれた。

「あう……」

ヌルッと舌を入れられ、彼は呻きながらキュッと肛門で美女の舌を締め付けた。

織江も内部で蠢かせ、やがて脚を下ろして舌を引き抜き、陰嚢《いんのう》を舐め回し二つの睾丸《こうがん》を転がした。

やがて袋全体が生温かな唾液にまみれると、いよいよ舌先がペニスの裏側を這い上がり、先端まで来た。

幹を指で支え、チロチロと尿道口から滲む粘液を舐め取り、そのまま丸く開いた口でスッポリと呑《の》み込《こ》んでいった。

「ああ……」

登喜男は快感に喘ぎ、美女の口の中で唾液にまみれた幹をヒクヒク震わせた。

「ンン……」

織江も喉の奥につかえるほど深く含んで熱く鼻を鳴らし、上気した頬をすぼめて吸い付きながら執拗に舌をからみつかせた。

「も、もう……」

登喜男が降参するように声を洩《も》らし、腰をよじると、織江もスポンと口を引き離し、身を起こしてきた。

3

「どうか、上から跨《また》いで下さい」

織江がせがむと、登喜男は仰向けのまま言って彼女の手を引いた。

すると彼女も素直に跨がり、唾液に濡れた先端に割れ目を押し付けてきた。

「う、上なんて初めて……」

織江は言いながら位置を定め、息を詰めてゆっくり腰を沈み込ませた。

張りつめた亀頭が潜り込むと、あとは重みと潤いでヌルヌルッと滑らかに根元まで呑み込まれていった。

「アアッ……！」

織江が顔を仰《の》け反《ぞ》らせて喘ぎ、完全に股間を密着させて座り込んだ。

登喜男も、肉襞の摩擦と温《ぬく》もり、きつい締め付けに包まれて必死に暴発を堪《こら》えた。

「き、気持ちいいわ……」

彼女がグリグリと股間を擦りつけて喘ぐと、コリコリする恥骨が痛いほど押し付けられてきた。

やがて織江が身を重ねると、また濃く色づいた両の乳首から母乳の雫が溢れてきた。

「ね、お乳を顔中にかけて……」

言うと、彼女もすぐに左右の乳首を指で摘《つま》み、絞りはじめた。

ポタポタと滴る母乳を舌に受けると、さらに無数の乳腺から霧状になった母乳が彼の顔中に生ぬるく飛び散ってきた。

「ああ、いい匂い……」

登喜男は甘ったるい匂いに包まれて喘ぎ、小刻みにズンズンと股間を突き上げながら両の乳首を舐め回した。

「い、いきそう……」

織江も喘ぎながら、突き上げに合わせて腰を遣いはじめた。

そして彼の顔中に飛び散った母乳に舌を這わせてくれたのだ。

「アア……」

登喜男は、母乳と唾液の混じった匂いに包まれ、顔中ヌルヌルにされながら喘いだ。

そして下からしがみつき、徐々に突き上げを強めていった。

織江も動きながら、上からピッタリと唇を重ねて舌をからめてきた。

生温かな唾液にまみれた舌がナメクジのように蠢き、登喜男は美女の甘い息の匂いに酔いしれた。

大量の愛液が動きを滑らかにさせ、律動に合わせてピチャクチャと卑猥《ひわい》に湿った摩擦音も響いた。

「い、いっちゃう……、アアーッ……！」

貪欲に股間をしゃくり上げるように突き動かしていた織江は、たちまち声を上ずらせ、ガクガクと狂おしく痙攣《けいれん》しながらオルガスムスに達してしまった。

そして膣内の収縮に巻き込まれるように、続いて登喜男も大きな絶頂の渦に呑み込まれていった。

「いく……！」

突き上がる快感に口走ると同時に、熱い大量のザーメンがドクンドクンと勢いよく柔肉の奥にほとばしった。

「あう、熱いわ……！」

噴出を感じ、駄目押しの快感を得たように織江が呻き、さらに艶めかしい収縮を活発にさせた。

やがて登喜男は心置きなく快感を貪り、最後の一滴まで出し尽くした。

徐々に動きを弱めて力を抜いていくと、

「アア……、良かった……」

織江も満足げに声を洩らし、肌の強《こわ》ばりを解きながらグッタリともたれかかり、遠慮なく彼に体重を預けてきた。

登喜男は彼女の重みを受け止めながら、まだ息づいている膣内に刺激され、ヒクヒクと過敏に幹を震わせた。

そして熱く湿り気ある、濃厚に甘い匂いの息を嗅ぎながら、うっとりと快感の余韻を味わったのだった。

（この子供が夢二の子なら、僕の子と兄弟になるのか……）

彼は呼吸を整えながら思い、やがて織江が股間を引き離してゴロリと横になった。

まだ子供は軽やかな寝息を立てている。

登喜男は身を起こし、チリ紙でペニスを拭い、織江の割れ目も優しく拭いた。

「ああ、いいのよ、男がそんなことしなくても……」

織江が済まなそうに言うが、精根尽き果てて起き上がれないようだった。

「じゃ、僕帰りますので、どうか信州へ帰ってもお達者で」

登喜男が身繕いをして言うと、

「ええ、あなたも……。どうにも初めて会った気がしないわ……」

織江が言い、横になったまま、出て行く彼を見送ったのだった……。


――アパートへ戻ると、さっきのままの姿で恵夢が待っていた。

「済んだ？　ご苦労様。じゃ情報をもらうわ」

彼女が言い、休憩する間もなく登喜男に唇を重ねてきた。

そして舌をからめ、彼の唾液から今の体験の情報を吸収した。

すると、サッと恵夢が唇を離したのだ。

「お、織江に子供がいたですって？」

「ええ、いましたけど……」

「それは何かの間違いだわ。待って」

恵夢が珍しく慌てたように言い、両頰に手を当てて目を閉じた。どうやら過去と未来のデータを確認しているようだ。

すぐに恵夢が目を開いた。

「大変な間違いだわ。もう一度やり直し！」

「え……？」

恵夢の剣幕にたじろぎながら、登喜男は何か自分にミスがあったのかと不安になった。

恵夢が迫り、登喜男を抱きすくめた。

「目を閉じて。時間を飛ぶわ」

言われて、彼も恵夢の胸に顔を埋《うず》めて温もりに包まれながら目を閉じた。目を開いていると、妙なものが見えて変になるのかも知れない。

すると全身を浮遊感が襲い、たちまち室内の空気が変わった。

「いいわ、目を開けて」

すぐに恵夢が言って目を開くと、室内も窓の外の景色も、何も変わっていない。

「これに着替えて」

恵夢が着物を出したので、登喜男もシャツとズボンを脱ぎ、着物を着ると彼女が帯を締めてくれた。

「さあ、一緒に出ましょう」

恵夢が言い、その前にもう一度登喜男に唇を重ね、生温かな唾液をトロトロと注ぎ込んできた。

彼も、新たな情報を受け止め、やがて下駄を履いて一緒にアパートを出たのだった。

外の風景も、何一つさっきと変わっていない。それでも、数年の時間の隔たりがあるようだった。

4

「ここは、さっきより三年前の大正二年？」歩きながら、登喜男は恵夢に訊《き》いた。

「そうよ。去年の七月までは明治だったわ。確か今日、織江がカフェを退職したの」

恵夢が言う。

「これから織江さんを抱くの？　も、もしかして、あの子供は僕の子……？」

「そうよ。手違いで順番を逆にしてしまったけれど」

「そ、そんな……」

登喜男は混乱してきた。

それで織江は、最初に彼に会ったとき誰かと人違いしたが、実際には本当に登喜男と会っていたのだった。

どうやら、あの子供は夢二の子ではなく、登喜男の子だったらしい。

「だったら一度ぐらい、子供を抱いておくんだった」

「感傷は後回し。あの店よ」

恵夢が言い、大通りの一角にあるカフェを指した。

カフェというのは喫茶店と酒場を合わせたような店で、女給はウエイトレスとホステスを合わせたような立場だ。給金は安いが、馴染みの客からのチップが大きな実入りとなるらしい。

店内を覗くと混んでいて、着物にエプロンをした女給が多く立ち回り、

「嫌だ嫌だよハイカラさんは嫌だ」

という「間がいいソング」という流行歌が流れていた。

と、店の脇にある通用口から、着物の女性が出て来た。さっき見たより若い織

江ではないか。

どうやら夢二のモデルになるため、女給の仕事を今日で辞めたらしい。

しかし二人が彼女に近づこうとする前に、数人の男がバラバラと出て来て織江を取り囲んだ。

「おう、織江。さんざん通っていたのに、いきなり辞めるはねえだろう」

「絵描きのモデルたって、大した稼ぎにゃならんだろうし、どうしてもと言うなら、これから皆で別れの飲み会と行こうじゃねえか」

酔漢が三人、織江に言い寄った。

「いいえ、これで失礼します……」

彼女は、困ったように俯《うつむ》いて言った。

そこへ恵夢が近づいて言った。

「もう彼女に近づかないで。代わりに私が相手をするから」

「何だ。ねえちゃんが酒の相手か」

「いいえ、喧嘩《けんか》の相手を」

恵夢が笑って言い、織江を登喜男の方へ押しやった。

「送ってあげて」

「ええ……」

恵夢に言われ、登喜男は答えながら織江の身体《からだ》を支え、長屋の方へ歩き出した。

「待てよ、こら！　い、いてて……」

追おうとした男が、恵夢に手首をひねられて顔を歪《ゆが》めた。

それを織江が心配そうに振り返ったが、

「大丈夫。姉は柔道の達人だから。さあ行きましょう」

登喜男が言って織江を裏路地へと連れ込んでいった。

背後からは、男たちの苦悶《くもん》の呻き声が続いていた。

「あ、有難うございました……」

「いいえ、多くの困った客がいたんですね」

「あなたは……」

「美学校生です。明日から姉と一緒にフランスへ行くことになってます」

「まあ……」

恵夢にもらった情報の通りに言うと、まだ二十歳《はたち》の織江は目を丸くした。

小粋な着物に、ウエーブのかかった髪を油で固め、実に颯爽《さっそう》たるモダンな美女だ。

「私も、夢二先生のモデルになることが決まって」

織江が歩きながら言う。

この大正二年、竹久夢二は二十九歳で、すでに妻とは不仲になっていた。雑誌の挿絵や広告のカットで、大衆の人気は上がってきたが、彼自身は中央画壇への憧れを持っていたようだ。

（もう何回か夢二に抱かれているから、処女じゃないわ。だから存分に）

と、恵夢からのテレパシーが伝わってきた。

どうやら恵夢も、三人の酔漢を片付けてアパートへ戻るようだ。

「どうぞ、お茶でも」

やがて長屋に着くと、織江は登喜男を誘い、彼も上がり込んだ。

室内は、三年後の質素なものではなく、何と椅子やテーブル、洋箪笥に高価そうな置物などが揃《そろ》っているではないか。

僅かなカフェの仕事で、こうまで裕福にチップをもらい、貯《たくわ》えもあるらしい。

三年後は夢二と別れ、子育てもあるので全て売り払い、質素に暮らしていたが、それで恵夢は金を渡したようだ。

長野の生まれの織江は、浅草オペラに入る夢を持って上京したが果たせず、女給をして暮らしていたのだろう。

淑《しと》やかそうに見えるが、内面は案外意地と根性が備わっているのかも知れない。

「先生には可愛《かわい》がってもらっているけれど、モデルは不安です。私の身体はどうでしょうか。美学校生から見て」

「はあ、顔立ちは美人ですが、身体の方は着物の上からでは分かりません」

「では、見てもらえますか」

織江は言うなり、登喜男の返事も待たずシュルシュルと帯を解き、着物を脱ぎはじめてしまった。

登喜男も期待にムクムクと勃起しながら、みるみる白い肌を露《あら》わにしてゆく美女を見つめた。

さっき、三年後の織江としたばかりだが、時間を飛んだので一瞬にして気力も淫気も充実していた。

「どうか横に」

登喜男が言うと、襦袢《じゅばん》姿になった織江が三畳間に床を敷き延べ、さらに全て脱ぎ去って横たわった。

すでに何度か夢二に抱かれていると言うが、まだ他の男は知らないだろう。

羞《は》じらいと、美学校生の見立てを待つ大胆さの両方が感じられ、着物の内に籠もっていた熱気が、甘ったるい匂いを含んで室内に立ち籠めた。

今日も一日中働き、しかも最後の日だから特に動き回ったのだろう。

豊かな胸の谷間は汗ばみ、微《かす》かに白い腹がヒクヒクと震えていた。

三年後の出産後よりも全体が引き締まり、肉づきの良い腰からスラリとした脚の線が実に美しかった。

5

「美しいですよ。とっても」

「そうですか……。でも先生が仰《おっしゃ》ってました。いろんな男を知った方が、もっと綺麗になると……」

織江が言う。

それは、本当に愛されていないのではないかと登喜男は思ったが、そのことには触れなかった。

「そうですか。では日本の名残《なごり》に、僕が触れても構いませんか」

登喜男は言ったが、最初から織江も彼に淫気を抱き、それでためらいなく全裸になったのだろう。

「ええ……、私だけ裸では恥ずかしいので」

彼女が言い、登喜男も帯を解いて手早く全て脱ぎ去ってしまった。

まさか同じ日に続けて、同じ女性の二十三歳と二十歳の肌を味わうことになるとは夢にも思わなかったものだ。

全裸になった登喜男は、神妙に身を投げ出している織江の足の方に座り、屈《かが》み込《こ》んでいった。

足裏に顔を押し当てて舌を這わせ、指の間に鼻を割り込ませて、湿ったムレムレの匂いを嗅いだ。

そして爪先にしゃぶり付くと、

「ヒッ……、だ、駄目、そんなこと……」

織江が驚いて息を呑み、ビクリと足を震わせた。

「じっとしていて。綺麗な織江さんを隅々まで味わいたいので」

「なぜ私の名を……」

「あ、ああ、さっきの男がそう呼んだので」

登喜男は答え、三年後よりずっと濃い足の匂いを貪り、両足とも全ての指の股を舐め回してしまった。

「アア……、駄目、くすぐったい。それに汚いですから……」

織江もクネクネと身悶え、次第に朦朧《もうろう》となっていった。

そして彼は織江を大股開きにさせて腹這い、脚の内側を舐め上げて股間に顔を進めていった。

白くムッチリした内腿を舐め、熱気の籠もる割れ目に目を遣《や》ると、やはり三年後よりも初々しい色合いの陰唇がはみ出して、うっすらと潤いはじめていた。

指を当てて陰唇を広げると、さらに綺麗なピンクの柔肉が湿り気を帯び、可憐な膣口が息づいて、クリトリスも包皮の下からツンと顔を覗かせていた。

堪らずに顔を埋め、柔らかな茂みに鼻を擦りつけ、甘ったるい汗の匂いとほのかな残尿臭を嗅ぎ、舌を這わせていった。

「あう！　い、いけません。湯屋にも行っていないのに……」

織江が腰をくねらせて呻いた。

あるいは舐められるのは初めてかも知れない。夢二に限らず、この時代の男は女性に奉仕させても、自分から念入りな愛撫《あいぶ》などしないのだろう。

まあ人によるだろうが、大部分は挿入して射精することが第一で、あまり前戯などしないのかも知れない。

とにかく登喜男は、二十歳の美女の茂みに籠もる体臭を貪り、執拗に膣口とクリトリスに舌を這わせた。

「アア……！」

織江は顔を仰け反らせて喘ぎ、内腿できつく彼の顔を挟み付けた。

彼は充分に味と匂いを堪能《たんのう》し、すっかりヌラヌラと溢れた愛液をすすった。

もちろん両脚を浮かせ、尻の谷間に迫ると、三年後より可憐な蕾がひっそり閉じられていた。鼻を押しつけて嗅ぐと、秘めやかな匂いが鼻腔を刺激してきた。

登喜男は何度も深呼吸して嗅ぎ、舌先でチロチロと蕾を舐め、ヌルッと潜り込ませた。

「あう、何を……！」

織江が驚いたように呻き、キュッと肛門で舌先を締め付けた。

彼は舌を出し入れさせるように蠢かせ、再び脚を下ろして割れ目を舐めると、すっかり淡い酸味の蜜が大洪水になっていた。

弾《はじ》くようにクリトリスを刺激し、指を膣口に潜り込ませて小刻みに内壁を擦る

と、

「も、もう堪忍……、ああーッ……！」

織江は身を仰け反らせて喘ぎ、ヒクヒクと小刻みに痙攣し、やがて魂が抜けたようにグッタリとなってしまった。

無反応になったので、彼も股間から這い出して添い寝し、また甘えるように腕枕してもらった。

彼女は失神したように身を投げ出し、ハアハアと荒い呼吸を繰り返すばかりだった。

登喜男は織江の腋の下に鼻を埋め、楚々《そそ》とした腋毛に籠もった甘ったるい汗の匂いを嗅いだ。

目の前で息づく乳首と乳輪も、まだ初々しい薄桃色で、膨らみも実に若々しい張りに満ちていた。

充分に美女の体臭で胸を満たしてから移動し、ツンと硬くなった乳首を含み、柔らかな膨らみに顔中を押し付けて感触を味わいながら舌で乳首を転がした。

「ああ……」

織江がビクリと反応し、徐々に息を吹き返すように声を洩らした。

もう片方の乳首も吸って舐め回すと、再び織江の肌がうねうねと悶えはじめてきた。

「アア……、こんなの初めてです……」

彼女が息を震わせて言う。

「気持ち良かったでしょう?」

「ええ……、気を遣るって、こういうことなのですね……」

織江が、舐められて得たオルガスムスを思い出し、またビクッと肌を震わせて言った。

「今までは?」

「ようやく、痛みがなくなって、少しずつ気持ち良いと思いはじめた頃です……」

「じゃ、舐められたことは?」

「今が初めてです……。信じられません、洗ってもいないのに舐めるなんて、しかも、足やお尻まで……」

織江が、まだ余韻の中にいるように身悶えて言った。

「じゃ、男のものをお口でしたことは?」

「それはあります……」

「そう、僕にもしてくれますか」

「ええ……」

言うと、織江は何度か深呼吸してから、ノロノロと身を起こしてきた。

登喜男が仰向けになり、屹立したペニスを興奮にヒクヒク震わせると、彼女も顔を寄せて、熱い息を股間に籠もらせながら舌を伸ばした。

先端をチロリと舐めて粘液を味わってから、張りつめた亀頭を含み、そのままスッポリと喉の奥まで呑み込んでくれた。

6

「ああ……、気持ちいい……」

登喜男は、根元まで美女の生温かく濡れた口に含まれ、うっとりと喘いだ。

織江は熱い鼻息で恥毛をそよがせ、頬をすぼめて吸い付き、口の中でクチュクチュと舌を蠢かせた。

肉棒は美女の唾液にどっぷりと浸り、快感にヒクヒクと震えた。

「も、もう……」

危うく漏らしそうになって登喜男は言い、身を起こしていった。

織江も素直にスポンと口を引き離し、また横になった。

彼は起き上がって、仰向けの織江を大股開きにさせ、股間を進めていった。

彼女も受け入れる体勢を取り、ようやく普段している行為になって少しほっとしたようだった。

登喜男は先端を濡れた割れ目に擦りつけながら位置を合わせ、感触を味わいながらゆっくり挿入していった。

強ばりが膣口を丸く押し広げ、ヌルヌルッと肉襞の摩擦を受けながら滑らかに根元まで呑み込まれた。

「アアッ……！」

織江が顔を仰け反らせて熱く喘ぎ、キュッときつく締め付けてきた。

登喜男も温もりと感触を味わいながら股間を密着させ、身を重ねていった。

胸で柔らかな乳房を押しつぶすと、織江も下から両手を回してしがみついてきた。

登喜男は彼女の肩に腕を回して肌を密着させ、上からピッタリと唇を重ねた。

舌を挿し入れて柔らかな唇の内側のヌメリを味わい、滑らかな歯並びをたどると、彼女も歯を開いて受け入れた。

柔らかく濡れた舌をチロチロと探りながら、徐々に腰を突き動かしはじめると、

「ンンッ……！」

織江が熱く呻き、チュッと強く彼の舌に吸い付いてきた。

動いているうち、愛液の量が多いので律動も滑らかになってゆき、彼女も股間を突き上げはじめた。

そしてクチュクチュと湿った摩擦音が聞こえてくると、

「ああッ……」

織江が苦しげに口を開いて喘いだ。

その口に鼻を押しつけて嗅ぐと、熱く湿り気ある吐息は、三年後と同じく花粉のように甘い刺激を含み、心地《ここち》よく鼻腔に沁《し》み込《こ》んできた。

登喜男は悩ましい息の匂いに高まり、果ては股間をぶつけるように激しく動いて高まっていった。

「い、いく……！」

すると先に織江の方が声を上ずらせ、オルガスムスに達してしまった。

膣内の収縮が活発になり、彼女はブリッジするようにガクガクと身を反り返らせて激しく悶えた。

夢二が挿入を繰り返していたため、すっかり下地が出来上がり、いま初めて大きな絶頂を迎えたのだろう。

「く……！」

続いて登喜男も昇り詰め、大きな快感とともに呻き、ありったけの熱いザーメンをドクドクと柔肉の奥にほとばしらせた。

これが、三年後に会ったあの子供になるのだろう。

「アア……、気持ちいいッ……！」

噴出を感じると、織江がさらに声を洩らし、飲み込むように貪欲にキュッキュッと膣内を締め付けてきた。

登喜男も激しく腰を突き動かしながら快感を嚙《か》み締《し》め、心置きなく最後の一滴まで出し尽くしていった。

やがて満足しながら律動を弱めていくと、織江も徐々に肌の強ばりを解きながらグッタリと力を抜いていった。

「ああ……、こんなに良いものだなんて……」

織江も満足そうに声を洩らし、何度かキュッときつく締め付けてきた。刺激されたペニスが内部でヒクヒクと過敏に震え、彼も身を預けてもたれかかり、甘い息を嗅ぎながら余韻を味わった。

ようやく呼吸を整えると、登喜男はそろそろと股間を引き離して、ゴロリと添い寝していった。

「何度も気を遣ってしまいました……。またお目にかかりたいけれど、明日からフランスなのですね。どれぐらい？」

「さあ、五年か十年か、ものになるまで帰らないつもりですので」

訊かれて、登喜男は答えた。

「それより織江さんは、これからどうするのです？」

「モデルの仕事だけで、あとは貯えで何とかなるでしょう。もっとも先生は気まぐれだから、いつ来るか分からないけど待つことにします」

織江が息を弾ませて言った。

「待てど暮らせど来ぬ人を、ですか」

登喜男は、夢二が作った宵待草の一節を言った。もちろん元からある彼の知識ではなく、恵夢からもらった情報にメロディまで入っていたのだ。

「なんですか、それは」

「宵待草です」

「あなたが作ったの？　全部聞かせて下さい。先生も詩が好きなので教えてあげたいです」

「いや……」

夢二が作った詩を先に教えるわけにいかなかった。あるいは夢二も、その一節を織江から聞いてヒントにし、全て作ったのかも知れない。

ようやく織江も呼吸を整えて身を起こし、チリ紙で手早く割れ目を拭うと、ペニスも丁寧に拭き清めてくれた。

「じゃ、僕帰ります」

彼は言って起き上がり、身繕いをした。

「もう会えないのかしら……」

「分かりません。では」

やがて登喜男は不器用に帯を締め、まだ横になったままの織江に別れを告げて、長屋を出たのだった……。

7

「お疲れ様。二つの時代で大変だったわね」

登喜男がアパートに戻ると恵夢が言い、唇を寄せてきた。

また彼の唾液から、体験の報告を読み取ろうというのだろう。

「ね、こっちから吸って。恵夢の顔を見たら、また催しちゃった」

登喜男は甘えるように言って、帯を解くと着流しと下着まで脱ぎ、全裸でベッドに仰向けになった。

すでにペニスは、雄々しく回復してピンピンに突き立っている。

「まあいいわ。今回は、手違いがあったのだから」

恵夢も言い、すぐに彼の股間に顔を迫らせてくれた。

股間を見ると、大正ロマンのモダンな髪型をした和服美女がチロチロと先端を舐めはじめた。

「女の匂いが残っているわ」

恵夢が言い、それでも厭《いと》わず亀頭にしゃぶり付いてきた。股間に熱い息が籠もり、さらに彼女はモグモグと喉の奥までたぐって深々と頬張り、頬をすぼめてチュッと吸い付いてくれた。

「ああ、気持ちいい……。ね、恵夢もこっちを跨いで……」

登喜男がせがむと、恵夢もペニスを含んだまま身を反転させ、裾をめくり上げた。

そしてスラリとした脚と、白くムッチリした太腿と尻を大胆に露わにすると、女上位のシックスナインで仰向けの彼の顔に跨がってくれたのだ。

登喜男は下から彼女の腰を抱き寄せ、まずは潜り込むようにして柔らかな茂みに鼻を埋め、汗とオシッコの混じった匂いを胸いっぱいに嗅いだ。

そして僅かに移動して突き立ったクリトリスを舐め回すと、

「ンン……」

恵夢が形良い尻をくねらせて呻き、熱い鼻息で陰嚢をくすぐってきた。

クリトリスを刺激すると、すぐにも生温かな蜜が溢れ、舌の動きがヌラヌラと滑らかになってきた。

彼は襞の入り組む膣口を舐め回し、さらに伸び上がって尻の谷間に鼻を埋め込んだ。

顔中にひんやりした双丘を受け止め、蕾に籠もった微香を嗅ぐと、その刺激が恵夢にしゃぶられているペニスにヒクヒクと伝わっていった。

舌を這わせてヌルッと潜り込ませ、肛門内部の粘膜も味わってから、彼は再び濡れた割れ目に吸い付いた。

その間も、恵夢は念入りに亀頭に舌を這わせ、心地よく吸ってくれていた。

「ね、恵夢、オシッコして……」

高まりながら言うと、彼女もフェラしながら下腹に力を入れはじめた。

手違いを詫《わ》びるためか、今日は何でもしてくれそうだが、それでも挿入は許してくれないのだろう。

と、舐めている割れ目内部の柔肉が迫《せ》り出《だ》すように盛り上がり、味わいと温もりが変化した途端、彼女がギュッと登喜男の口に割れ目を押し付けてきた。

出るからベッドを濡らすなと言うことなのだろう。

期待して待つと、すぐにもチョロチョロとした温かな流れが彼の口に注がれてきた。

「ク……」

登喜男は受け止めながら小さく呻き、噎せないよう注意して喉に流し込んだ。

味も匂いも控えめで実に抵抗が無く、彼は飲み込みながらうっとりと美女の温もりで胸を満たした。

「ウウ……」

恵夢も小さく呻き、ゆるゆると放尿しながら唇と舌の動きを活発にさせた。

顔全体を小刻みに上下させ、濡れた口でスポスポと摩擦しながら、吸引と舌の蠢きを続行した。

やがて放尿が治まり、全て飲み干した登喜男は残り香を味わいながら、貪るように割れ目を舐めた。

そしてズンズンと股間を突き上げながら、そのままオルガスムスに達した。

「い、いく……！」

突き上がる絶頂の快感に口走り、彼は熱いザーメンをドクンドクンと勢いよくほとばしらせ、美女の喉の奥を直撃した。

「ンン……」

恵夢は熱い噴出を受け止めながら小さく鼻を鳴らし、さらに吸引しながら喉に流し込んでくれた。

「ああ、いい……！」

飲み込まれるたび口腔がキュッと締まり、その快感に登喜男は何度もビクリと腰を跳ね上げて喘いだ。

その彼の口に、オシッコの混じった愛液の雫がツツーッと糸を引いて滴ってきた。

心置きなく美女の口に出し尽くすと、ようやく彼はグッタリと力を抜いて身を投げ出し、息づく割れ目を見上げながら荒い呼吸を繰り返した。

恵夢も全て飲み干すと、ようやくチュパッと口を離し、なおも幹を握ってしごき、尿道口に脹らむ余りの雫まで丁寧に舐め取ってくれた。

「あうう……、も、もういい……」

登喜男は過敏に反応し、クネクネと腰をよじって降参した。

恵夢も舌を引っ込め、登喜男の顔から股間を引き離して向き直ると、優しく腕枕してくれた。

彼は美女の胸に抱かれ、かぐわしい息を嗅ぎながらうっとりと余韻に浸った。

「そう、宵待草の歌詞を言ってしまったのね」

恵夢が彼の情報を分析しながら囁《ささや》いた。

「ええ、いけなかったかな」

「構わないわ。すでに原詩は昨年（明治四十五年）の少女雑誌に発表されているし、今年（大正二年）の十一月にも『どんたく』という詩歌集に載るわ」

「そう、ならば、もう夢二の中で完成されているものなんだね」

「ええ、曲が付くのは大正六年だけれど」

恵夢が言う。

してみると、織江が昨年の雑誌を知らなかっただけのようだ。

「さあ、次はいよいよ昭和の時代よ」

「またこのアパート？」

「ううん、この建物は関東大震災で焼けてしまうわ」

「そう……。それより何だか、ずいぶん長いこと、ちゃんと食事と睡眠を取っていないような気がするんだけど」

「そうね。まあ時間旅行の間は、身体の状態は平成のまま保たれているから問題はないのだけれど、じゃ外へ出ましょうか。大正の浅草で牛鍋でも」

「本当？」

言われて、登喜男は歓声を上げて飛び起きた。そして自分で下着を着けて着物を羽織ると、また恵夢に帯を締めてもらった。

一緒にアパートを出ると、ちょうど暮れなずむ浅草のあちこちに灯がともり、賑《にぎ》やかなオペラも流れてきた。

「恵夢と夕食デートなんて初めてだね。これも手違いの詫び？」

「それもあるけれど、次は暗い戦時中だから」

恵夢は言い、やがて二人は近くの牛鍋屋に入っていったのだった。

第五章　モンペ女学生の匂い

1

「じゃ、これに着替えて」

登喜男が目を覚ますと、和服姿に白い割烹着《かっぽうぎ》を着た恵夢が、彼にカーキ色の服を渡して言った。

折り襟の詰め襟で、軍服に似ているが階級章などは一切無く、ボタンも金ではなくくすんだ茶色だった。

「これは？」

「国民服よ。今は昭和十九年（一九四四）十一月下旬、ここは横須賀《よこすか》」

「戦時中……」

登喜男は呟《つぶや》き、とにかく全裸になると、まずは越中褌《えっちゅうふんどし》を締めた。これはT字帯だからすぐに分かって着けられた。

そして襟無しの襦袢《じゅばん》を着てズボンを穿《は》き、国民服を羽織って詰め襟とボタンを止めた。

「この時代にしては髪が少し長めだけど、帽子を被《かぶ》っていればいいわ。海軍工《こう》廠《しょう》の工員で、残業続きで床屋に行く暇もなかったことにしましょう」

恵夢は言って、服と同色の帽子を出してくれた。

そのまま彼女は、登喜男にピッタリと唇を押し付け、舌をからめながら生温かな唾液を送り込んできた。

かぐわしい息に酔いしれながら、うっとりと飲み込むと、含まれている情報が彼の頭の中に流れ込んできた。

割烹着姿の恵夢に欲情したが、すぐに彼女は唇を離した。

(ここは軍港を見下ろす山の中腹にある一軒家。今回、孕《はら》ませる相手は高等女学校の五年生、近所に住む十七歳の沖野小百合《おきのさゆり》……)

情報とともに、お下げ髪でセーラー服の小百合の顔まで浮かび、その可憐《かれん》さにたちまち彼の股間が熱くなってきた。

小百合の家も近所で、恵夢が彼女の記憶を操作し、彼女は幼い頃から登喜男を知っていて、ほのかな恋心を抱いている設定にしてあるようだ。

それならば話は早いだろう。

それにしても、戦時中の女学生はどんな感覚なのだろうかと思った。

室内は質素で、電灯の笠《かさ》には黒い布が掛かっている。これは敵機に灯《あか》りが見えないようにするためのものらしい。

「じゃ、そろそろ小百合ちゃんが帰ってくる頃だから迎えに行ってあげて。間もなく空襲だから」

「く、空襲……？」

言われて、登喜男は家を出た。恵夢は、ついてきてくれないらしい。

山の中腹から軍港が見渡せたが、ほとんど戦地に行っているのか、軍艦などは見えなかった。

とにかく山道を下りていくと、実に静かで長閑《のどか》で、とても戦時中とは思えなかった。

しかしこの時代、太平洋戦争が始まって三年弱、最初は日本も勢いがあったが米軍の反撃が激しくなり、昨年はミッドウエイ海戦に敗退し、今年はガダルカナル撤退にアッツ島の玉砕、山本五十六《やまもといそろく》連合艦隊長官の戦死、キスカ島の撤退、出陣学徒壮行会と、暗いニュースばかりである。

兵員不足により志願年齢が下げられ、相次ぐ空襲により疎開、物資の不足で家庭にある金属の供出、中学生たちも工場で働き、校庭で作物を育てていた。

英語の使用も排斥《はいせき》され、動物園の猛獣も空襲で逃げ出すことを恐れて薬殺という、平成の登喜男からは考えられない時代だったのである。

と、登喜男が山道を下っていると、向こうから小百合が上がってきた。

紺色の白線の入ったセーラー服にお下げ髪、しかしスカートではなく絣《かすり》のモンペにズック靴だった。

「登喜男兄様！」

気づいた小百合が白い歯を見せて言い、こちらに駆け上がってきた。

多少日焼けした小麦色の肌に、笑窪と八重歯が愛らしかった。

小百合が息せき切って近づくと、ふんわりした甘ったるい汗の匂いに、甘酸っぱい吐息も感じられた。

しかし、その時である。

町々にサイレンが鳴り響いた。

「警戒警報だわ。敵機が近づいているのかも。家よりも防空壕《ぼうくうごう》へ！」

小百合が瞬時に判断し、登喜男の手を握って一緒に山道を駆け上がった。そして家の方に向かわず、山に入ると、そこに洞窟が掘られていた。

するとサイレンの音色が、さらに切迫した重苦しいリズムに変化した。どうやら警戒警報が、空襲警報に切り替わったらしい。

（いよいよ来るのか……！）

登喜男は不安になったが、空を仰ぐ余裕もなく小百合と一緒に急いで防空壕に入っていった。

中は湿った土の匂いで、奥には茣蓙《ござ》と座布団が置かれている。

小百合が備え付けのマッチで、下がっているランプに火を点《つ》けた。

そして入り口にある木の扉を閉めた。

他の人は昼間で出払い、またいくつもの防空壕があるので、ここは二人きりらしい。

すると、グォーンという爆音が遠くから聞こえてきて、間もなくドンドンと腹に響く破裂音も聞こえてきた。

昭和十九年十一月二十四日、どうやら本当に横須賀が空襲されているのだ。

登喜男の乏しい知識でも、高射砲は役に立たず、敵の爆撃機が飛んでいる高高度まで撃墜に飛び立てる戦闘機がないことぐらい分かっていた。

「恐《こわ》いわ……」

小百合が言い、彼も一緒に莫蓙に上がって座布団に座った。すると小百合が横からピッタリと身を寄せてきた。

そう、とにかく時代に関わってはいけないし、考えても仕方がないのだ。

彼がして良いのは、小百合を孕ませることだけである。

登喜男も、寄り添っている小百合に専念した。どうせ恵夢の予定通りであるなら、この防空壕が空襲で爆撃されることはないはずである。

「大丈夫だよ。こんな何もない山の中に爆弾を落とすはずないからね」

「ええ……」

登喜男が囁《ささや》くと、小百合もやや安心したように小さく頷《うなず》いた。

「何だか私、兄様を昔から知っているはずなのに、ここで初めて出会ったような気がするわ……」

小百合が息を震わせて言う。

登喜男も彼女の乳臭い髪の匂いに激しく欲情し、きつく抱きすくめてしまった。

2

「ああ……、嬉《うれ》しい……」

小百合が声を洩《も》らし、激しくしがみついてきた。

登喜男は温《ぬく》もりを感じながら、彼女の顎に指をかけて上向かせて顔を寄せ、そっと唇を重ねていった。

「ウ……」

小百合が、驚いたように息を弾ませたが拒みはせず、目を閉じてじっとしてくれた。

ぷっくりと弾力ある美少女の唇に密着し、彼は唾液の湿り気と、濃厚に甘酸っぱい息の匂いを味わった。

それに、今日も一日じゅう校庭の畑を耕していたのだろう。お下げ髪からも襟元からも、甘ったるい汗の匂いが漂ってきた。

登喜男は、野生の果実のような息の匂いに酔いしれながら、そろそろと舌を挿し入れ、唇の内側のヌメリと、滑らかな歯並びを舐《な》め回《まわ》した。

八重歯に触れ、ピンクの歯茎まで舐め回すと、小百合も怖《お》ず怖《お》ずと歯を開いて侵入を許してくれた。

口の中は、さらに胸の奥が溶けてしまいそうに甘酸っぱく野趣溢《あふ》れる芳香が濃く満ち、登喜男は執拗《しつよう》に舌を舐め回し、生温かく清らかな唾液を味わった。

そしてセーラー服の胸に手を這《は》わせると、

「ンンッ……」

小百合がビクリと身じろいで呻《うめ》き、反射的にチュッと強く彼の舌に吸い付いてきた。

美少女の舌は滑らかに蠢《うごめ》き、登喜男は唾液と吐息にすっかり激しく勃起し、もう空襲の音すら気にならなくなっていた。

ようやくクチュッと唇を離すと、小百合は戦《おのの》くように息を震わせて身を縮め、登喜男は座布団を並べて布団代わりにした。

「ね、脱ごう。どうせ誰も来ないよ」

「でも……、私すごく汗臭いし……」

囁くと、小百合は羞恥にためらったが、それでも好奇心と彼への好意は充分にあるようだった。

「大丈夫、僕は小百合ちゃんの匂い大好きだからね」

登喜男は言って手早く帽子と国民服を脱ぎ、小百合の白いスカーフに手をかけた。

すると途中から彼女は自分で解き、セーラー服とモンペを脱ぎはじめてくれた。

登喜男も襦袢とズボン、靴下と下帯まで脱ぎ去って全裸になると、彼女も一糸まとわぬ姿になった。

ブラはせずシュミーズで、下着も大きめに腰を覆って太腿《ふともも》をゴムで締め付けたズロースだった。

健康的な小麦色の肌が汗ばみ、胸も腰も大人と同じほどの丸みを帯びていた。

彼は並べた座布団の上に小百合を仰向《あおむ》けに横たえ、のしかかっていった。

桜色の乳首にチュッと吸い付き、舌で転がしながら膨らみに顔を押し付けて感触を味わった。

乳房は柔らかさの中にも、まだ生娘の硬い弾力が秘められていた。

「アア……」

小百合がビクッと柔肌を震わせて喘《あえ》ぎ、さらに甘ったるい匂いを揺らめかせた。

もう片方の、コリコリと硬くなった乳首も含んで充分に舐め回し、さらに彼は小百合の腕を差し上げ、汗ばんだ腋《わき》の下に鼻を埋め込んでいった。

生ぬるく湿った腋毛には、ミルクのように甘ったるい汗の匂いが濃厚に籠もり、彼は心ゆくまで胸を満たした。あるいは、江戸時代の女性より濃い匂いかも知れず、重労働による思春期の発汗と匂いが登喜男の股間に響いてきた。

「とってもいい匂い」

「あん……、駄目……」

クンクンと犬のように嗅ぎながら言うと、小百合が激しい羞恥に喘ぎ、さらに濃い匂いを漂わせた。

やがて彼は滑らかな肌を舐め下り、臍《へそ》を舐め、ピンと張り詰めた下腹に顔を押し付けて弾力を味わった。

さらに成熟しかけた腰の丸みから、ムッチリした太腿に下り、汗の味のする脚を舐め下りていった。

足首まで行くと足裏に回り込み、硬い踵《かかと》から柔らかな土踏まずを舐め、縮こまった指の間に鼻を押しつけた。

そこは汗と脂にジットリ湿り、ムレムレになった匂いが濃く籠もって、嗅ぐたびに刺激が胸を満たしていった。

爪先にしゃぶり付き、桜色の爪を噛《か》み、順々に指の股にヌルッと舌を割り込ませて味わうと、

「アアッ……、駄目、汚いから……」

小百合は朦朧《もうろう》となって喘ぎ、クネクネと腰をよじらせた。

登喜男はもう片方の足も存分に味わい、やがて脚の内側を舐め上げて、無垢《むく》な股間へと顔を進めていった。

白く滑らかな内腿を舐め上げ、大股開きにさせて股間を見ると、処女の割れ目がランプの灯に照らされた。

ぷっくりした丘にはひとつまみほどの若草が淡く煙り、丸みを帯びた割れ目の縦線からは、僅かにピンクの花びらがはみ出し、ヌメヌメと大量の蜜に潤っていた。

「すごく濡《ぬ》れてるよ。自分でいじることもあるの？」

「し、知らない……」

股間から言うと、小百合が両手で顔を覆って小さく答えた。

どうやらオナニー体験はあり、セックスへの興味も激しいようだった。

もっともこの時代は、早く所帯を持って産めよ殖やせよというスローガンがあるから、平成の十七歳より大人だし成熟も早いようだった。

登喜男は、顔中を包む熱気と湿り気に誘われ、ギュッと小百合の股間に顔を埋め込んでいった。

柔らかな恥毛の隅々には、汗とオシッコの匂いが生ぬるく籠もり、舌を這わせるとトロリとした淡い酸味の愛液が感じられた。

無垢な膣口《ちつこう》の襞《ひだ》をクチュクチュ掻《か》き回《まわ》し、ツンと突き立ったクリトリスまで舐め上げていくと、

「あう……、だ、駄目……」

小百合がビクッと顔を仰《の》け反《ぞ》らせて呻き、内腿でキュッときつく彼の両頬を挟み付けてきた。

登喜男はもがく腰を抱え込んで押さえながら、チロチロと執拗にクリトリスを舐めては、新たに溢れるヌメリをすすった。

「アア……、き、気持ちいい……」

小百合が朦朧としながら、正直に口走り、ヒクヒクと白い下腹を波打たせた。

さらに登喜男は彼女の脚を浮かせ、白く丸い尻の谷間に顔を寄せていった。

3

「や、やめて、恥ずかしいわ……」

小百合が、浮かせた脚を震わせながら声を上ずらせて言った。

登喜男は谷間にひっそり閉じられたピンクの可憐な蕾《つぼみ》に鼻を埋《うず》め、ひんやりと顔中に密着する双丘の丸みを味わった。

嗅ぐと、蕾には汗の匂いに混じり、秘めやかな匂いが籠もって鼻腔《びこう》を刺激してきた。

彼は何度も深呼吸して、美少女の恥ずかしい匂いを貪ってから舌を這わせた。

細かに震える襞を舐めて濡らし、ヌルッと潜り込ませて滑らかな粘膜を味わうと、

「く……！」

小百合が息を詰め、肛門《こうもん》でモグモグと舌先を締め付けてきた。

登喜男は充分に内部で舌を蠢かせてから、再び割れ目に戻って愛液をすすり、クリトリスに吸い付いた。

「も、もう堪忍……」

小百合が降参するように言い、激しく嫌々をした。自分でオナニーする絶頂より、遥《はる》かに大きな波の押し寄せを感じて戦《おのの》いているようだ。

ようやく登喜男も股間から身を起こし、彼女の顔に股間を迫らせた。

「ね、舐めて濡らして……」

屹立《きつりつ》した先端を鼻先に突きつけると、小百合も初めて見る男性器に目を凝らし、恐る恐る幹を握ってきた。

そしてチロリと舌を出し、粘液の滲《にじ》む尿道口を舐めてくれた。

「ああ……、気持ちいい……」

登喜男は快感に喘ぎ、さらに彼女の口に押し込んでいった。

「ンン……」

小百合も喉の奥までスッポリ呑《の》み込《こ》んで小さく鼻を鳴らし、笑窪《えくぼ》の浮かぶ頬をすぼめてチュッと吸い付いた。

熱い息が股間に籠もり、神聖な唇が幹を丸く締め付け、内部ではクチュクチュと次第に大胆に舌がからみついてきた。

たちまちペニス全体は、美少女の無垢な唾液に生温かくまみれて、ヒクヒクと快感に震えた。

やがて充分に高まると、登喜男はヌルッと引き抜いて彼女の股間に戻った。

そして脚を浮かせて開かせ、ペニスを進めて先端を押し当てた。

小百合も、すっかり覚悟を決めたように目を閉じ、力を抜いて受け入れ体勢を取っていてくれた。

ゆっくり押し込んでいくと、張りつめた亀頭が処女膜を丸く押し広げて潜り込み、あとは愛液に助けられヌルヌルッと滑らかに根元まで吸い込まれていった。

「アアッ……！」

小百合が身を強《こわ》ばらせて喘ぎ、キュッときつく締め付けてきた。

登喜男は温《ぬく》もりと感触を嚙み締め、股間を密着させて身を重ねていった。

すると小百合も下から両手を回して、きつくしがみついてきた。

彼は、胸で柔らかく弾む乳房を押しつぶし肩に腕を回して抑えつけながら、徐々に腰を突き動かしていった。

「あう……」

小百合が眉をひそめて呻いたが、何しろ蜜の量が多いから、すぐに動きがヌラヌラと滑らかになっていった。

「大丈夫？」

囁くと、小百合も健気《けなげ》に小さくこっくりした。あるいはこの時代の少女は、江戸娘に匹敵するほど我慢強く、撃ちてし止《や》まむの精神で物事に当たるのかも知れない。

いったん動くと、あまりの快感に腰の動きが止まらなくなってしまった。元より孕ませるのが使命だから、気遣いよりも射精が優先である。

次第に小百合の方も破瓜《はか》の痛みが麻痺《まひ》してきたか、出し入れに合わせて微《かす》かに腰を遣いはじめていった。

登喜男は高まりながら、上から唇を重ねて舌をからめ、生温かな唾液をすった。

さらに可憐な口に鼻を押し込み、甘酸っぱい息の匂いを嗅いで鼻腔を湿らせながら、いつしか股間をぶつけるように激しく動いてしまった。

「い、いく……！」

たちまち絶頂の嵐が押し寄せ、登喜男は口走りながら大きな快感に全身を貫かれてしまった。

同時に熱い大量のザーメンが、ドクンドクンと勢いよく内部にほとばしり、奥深い部分を直撃した。

「ああ……！」

熱い噴出を感じたか、小百合も声を上げながらヒクヒクと身を震わせた。

登喜男は快感を嚙み締め、心置きなく最後の一滴まで出し尽くし、ようやく満足して徐々に動きを弱めていった。

小百合も、いつしか失神したようにグッタリと身を投げ出し、荒い呼吸をハアハアと弾ませ、膣内は息づくような収縮を繰り返していた。

彼自身はヒクヒクと過敏に反応し、登喜男は力を抜いてもたれかかり、湿り気ある果実臭の息を嗅ぎながら、うっとりと快感の余韻に浸り込んだ。

気がつくと、まだ遠くからは爆撃の音が聞こえ、振動が伝わっていた。

やがて登喜男は手を伸ばし、ズボンのポケットを探ると、恵夢が入れておいてくれたティッシュを出し、そろそろと身を起こして股間を引き離した。

手早くペニスを拭って割れ目を覗《のぞ》き込《こ》むと、やはり膣口から逆流するザーメンに血が混じっていた。

彼は優しくティッシュを当てて拭い、処理を終えた。

と、その時である。

遠ざかっていた爆音が急に近づくなり、ヒュルルルと不気味な音がしたかと思うと、激しい轟音《ごうおん》と衝撃を感じて一瞬耳が聞こえなくなった。

「キャッ……！」

小百合が夢から覚めたように悲鳴を上げ、登喜男もパラパラと崩れてくる天井を見上げて不安になった。

「とにかく服を着よう」

彼は言い、自分も下帯を着けて手早く身繕いをした。

かなり近くに被弾したらしく、その衝撃で出入り口の木戸が傾いていた。しかも、いきなりザザーッと防空壕が崩れ、みるみる出入り口が塞がれていったのである。

「大変……！」

急いでセーラー服を着てモンペを穿いた小百合が、ズックを履く余裕もなく出入り口に駆け寄ろうとした。

それを抱えて押しとどめ、登喜男は急いで恵夢にテレパシーを送ったのだった。

4

（大丈夫よ。すぐ行くわ）

恵夢の答えがすぐ戻ってきて、登喜男は安心した。

そして小百合を莫蓙に戻して靴下と靴を履かせ、完全に身繕いをさせた。

「心配しないで。姉がすぐ助けに来るから」

「恵夢姉様が？」

言うと、小百合が答えた。

そう、小百合は恵夢もまた近所に住む知己と思っているのだ。

「でも、女手だけで大丈夫かしら。ここにはシャベルもないし……」

彼女が不安げに言った途端、外から物音がしてきた。

「大丈夫？」

「無事か！」

恵夢と、男の声がして、埋まった防空壕の上部から土が取り除かれていった。

まだ外は明るい。小百合はランプを消し、登喜男と一緒に壊れた扉の木で、こちら側からも掘り進んだ。

するとすぐに二人が顔を出し、手を伸ばしてきたので、登喜男は先に小百合を外へ出し、あとから自分も引っ張り出された。

割烹着姿の恵夢がシャベルを持ち、もう一人の三十代前半の精悍《せいかん》な坊主頭の男が二人を出してくれたのだ。

「あ、有難うございました」

登喜男は言い、小百合も二人に頭を下げた。すでに爆音はなく、間延びしたようなサイレンが鳴っているので解除の報《しら》せらしい。

すると恵夢も、背広姿の男に辞儀をした。

「おかげで助かりました」

「いや、見回りに来ていたが、まさかこんな方まで爆撃するとは思わなかった」

恵夢が言うと、眉が濃く口髭《くちひげ》を蓄え、凄味《すごみ》のある男が答えた。どうやら軍の関係者らしく、山に登って敵機の様子などを見に来ていたらしい。

やがて男は、すぐに山を下っていった。

それを見送り、三人は恵夢の家に入った。

小百合の父親は軍人で戦地、母親は海軍工廠で働いているから、夜まで小百合一人らしいのだ。

「さあ、お風呂を沸かしておいたから、二人で入って身体《からだ》を洗いなさい」

恵夢が言ってくれた。割烹着姿だから、いつもと印象が違い、いかにも頼りになる働き者のお姉さんといった感じだ。

「一緒に、いいんですか……」

小百合が、ほんのり頬を染めて恵夢に許可を求めた。

「だって、兄妹のようなものでしょう」

恵夢は気さくに言い、やがて二人も土にまみれた服を脱ぎ、風呂場に行った。

交互に手桶《ておけ》の湯を浴び、汗ばんだ肌と体液に湿った股間を洗い流し、狭い風呂桶に身体をくっつけて浸《つ》かった。

「母が心配だわ。工廠の空襲は大丈夫だったかしら」

小百合が言うと、外で風呂焚《ふろた》きをしていた恵夢が声をかけてきた。

「登喜男、暗くなる前に一緒に工廠へ行ってきなさい」

「はい……」

言われると、登喜男は何やら本当に自分も戦時中の横須賀の人間になったような気になった。

やがて湯船から出たときは、すっかり登喜男のペニスは回復し、ピンピンに突き立っていた。

「ね、ここに足を乗せて」

彼は言い、自分は簀《す》の子《こ》に座り込み、小百合を目の前に立たせ、片方の足を風呂桶のふちに乗せさせた。

「どうするの……」

「オシッコをしてみて」

登喜男は、彼女の開いた股間に顔を寄せ、腰を抱えて言った。

「そ、そんなこと出来ないわ……」

「でも、あのまま防空壕に閉じ込められっぱなしだったら、水分を取るのにオシッコを飲むしかなかったからね」

「でも、助かったのだから……」

「あのときの気持ちを忘れたくないから、ほんの少しでいいので」

登喜男はせがみ、湯に濡れた恥毛に鼻を埋め込んだ。

もう濃厚だった匂いは消えてしまい残念だったが、それでも柔肉を舐めると、新たな蜜が溢れて舌の動きが滑らかになった。

「ああ……、駄目……」

小百合は脚を震わせて喘ぎ、舐められながら膣口を息づかせた。

もう破瓜の痛みも薄れ、新たな淫気が沸いてきたのかも知れない。それに助かった安堵感《あんどかん》とともに、恐怖の思いが甦《よみがえ》って尿意も高まったようだ。

割れ目内部の肉が迫《せ》り出《だ》すように盛り上がり、下腹がヒクヒクと波打った。

「ほ、本当に出ちゃいそう……」

「いいよ、さあ」

登喜男が促すと、小百合もとうとう力を入れはじめてくれた。外にいた恵夢が釜場を離れ、家に入った様子なので、それも安心したのだろう。

たちまち柔肉の温もりと味わいが変化し、ポタポタと温かな雫《しずく》が滴ってきた。

「あう……、出る……」

小百合が息を詰めて言うなり、チョロチョロと熱い流れがほとばしってきた。

舌に受けると、味と匂いが悩ましく、彼は夢中で喉に流し込んだ。

「アア……」

小百合は登喜男の頭に両手を乗せて身体を支え、喘ぎながら次第に勢いを付けて放尿を続けた。

溢れた分が胸から腹に伝い、回復したペニスが心地《ここち》よく濡れた。

それでもピークを過ぎると急激に勢いが衰え、やがて流れが治まってしまった。

登喜男も割れ目に口を付けて舌を挿し入れ、余りの雫をすすったが、すぐにも大量の愛液が溢れ、淡い酸味が満ちていった。

「ああ……、信じられない……」

小百合が言って足を下ろすと、そのまま力尽きてクタクタと座り込んでしまった。

彼も抱き留め、このままもう一度交わりたかったが、やはり夜になる前に出かけた方が良いだろう。

それに恵夢が行けと言う以上、これも必要なことなのだと思った。

仕方なく身を離し、もう一度互いに湯を浴びて身体を流してから風呂場を出た。

身体を拭いていると恵夢が来てくれ、土を払い落とした国民服とセーラー服を置いていった。

そして身繕いした二人は、また家を出て山を下っていったのだった。

「空襲での負傷者の世話があるから、今夜はこのまま泊まるわ。明日の夕方に帰るから、登喜男さん、この子を連れて帰って下さい。お願いします」

海軍工廠へ行って小百合の母親を見つけると、彼女は小百合に言い、後半は登喜男に向かい頭を下げた。

5

辺りはまだあちこちで火災が起き、消火と負傷者の救出で大層な混乱である。

こんな中で、母親を見つけられたのも奇蹟《きせき》のようなものであった。

「分かりました。ではお気を付けて」

登喜男は彼女に言い、作業の邪魔になるといけないので、早々に小百合を連れて工廠を出た。

小百合も、母親の無傷な姿を見て安心したか、素直に登喜男と歩いた。

もう日が落ち、夕闇が迫っている。

しかし町中は静かで、酔漢もおらず、たまに見かける通行人は陸海軍の軍人ばかりであった。

二人は大通りを渡り、住宅街から山へ向かおうとしたが、そこで呼び止められたのだ。

「この非常時に何をノンビリ女と歩いておるか！」

見ると、二十代半ば過ぎの軍人が駆け寄って怒鳴った。

恵夢に貰《もら》った情報を頼りに見ると、カーキ色の軍服で、腰には軍刀。左腕には白地に赤で『兵憲』の腕章。右から読むから憲兵だ。

襟章を見ると、赤地に黄線の真ん中に銀の星一つだから伍長《ごちょう》。

「工廠を見舞って、帰宅するところです」

登喜男は、憲兵伍長の剣幕にたじろぎながら答えた。

「なにい、なぜ坊主頭にせん。貴様は主義者か！」

伍長は執拗に迫り、簡単には解放してくれそうになかった。登喜男の背後で、小百合も恐ろしげに身を縮めている。

あまりの美少女を連れているから、伍長は頭に来たのかも知れない。

「とにかく憲兵隊へ来い！」

「い、いえ……」

「抵抗するか！」

登喜男が小百合を庇《かば》って後退すると、伍長が拳骨を振り上げた。

「待て！　この二人は俺の知り合いだ」

と、そこへ声が掛かり、見ると防空壕から二人を引っ張り出してくれた背広姿の男が立っているではないか。

「なんだあ、貴様は！」

伍長が、割って入ってきた目の鋭い男にも怒声を飛ばした。

すると男が内ポケットから手帳を出したのだ。黒地に金の六角形のマーク。

「東京憲兵隊中尉、南部十四郎《なんぶじゅうしろう》だ。視察を終えて東京へ戻る」

「ちゅ、中尉殿……！」

伍長は目を丸くし、慌てて直立不動の姿勢になった。

「行け。俺たちも行って構わんな」

「は、はいッ！」

十四郎が言うと、伍長は答えて敬礼し、そのまま踵《きびす》を返して立ち去っていった。

「ふん、威張りやがる。こうした時局には必要なのだが、誰彼構わずしょっ引いて手柄を立てたがるのが困りものだ」

十四郎は伍長を見送って言い、二人に振り返った。

「あ、有難うございます。何度もお助け頂いて……」

「ああ、気をつけるんだ。もっと離れて歩き、髪も刈れよ」

「はいっ」

言われて、思わず登喜男も直立不動になって答えていた。

やがて十四郎は駅方面へ行くので別れ、二人は一礼してから山道に入った。

「驚いたね」

「ええ、でも恐い顔だけど優しい人……」

小百合もほっとしたように言い、やがて二人は家へ帰った。

今夜は母親がいないので登喜男は小百合を恵夢の家に誘った。恵夢も快く、小百合に今夜は泊まるように言った。

やがて三人で質素な夕食を済ませ、早めに寝ることにした。

そして小百合がご不浄に行っている間に、恵夢が登喜男に唇を重ね、ネットリと舌をからめた。

今度は恵夢が、登喜男の唾液から情報を読み取ったのである。何しろ彼は小百合のオシッコを飲んでいるから、妊娠の具合まで分かるのだ。

「まだ曖昧だわ。今夜もう一度セックスして。そうすれば命中がはっきりするわ」

恵夢が言い、二人分の布団を敷いてくれ、自分は別室に行った。

やがて登喜男と小百合は、全裸になって一つの布団に入った。灯火管制があるから電気は点けていないが、窓から射《さ》す月光でかなり明るい。

「いいのかしら、一緒に寝て……」

「うん、姉は僕たちを許婚《いいなずけ》のように思っているんだろうね」

ためらう小百合に囁き、彼は生娘でなくなったばかりの美少女を抱きすくめた。

許婚と言われて彼女は嬉しげだが、明日にも別れなければならないだろう。もっとも去り際に、また恵夢が小百合や母親の意識を操作し、辛《つら》くならないよう仕向けてくれるに違いない。

乳首に吸い付くと、すでにコリコリと硬くなり、彼は夢中で舐め回した。

「ああ……」

小百合は喘いだが、同じ屋根の下に恵夢もいるから、かなり声は控えめだった。

左右の乳首を味わってから、彼は滑らかな肌を舐め下り、小百合の股間に顔を埋め込んでいった。

入浴したが、工廠まで往復歩いたし、憲兵にも会って恐い思いをしたから、恥毛の隅々には甘ったるい汗の匂いが籠もり、それにほのかな残尿臭も入り交じって鼻腔を刺激してきた。

登喜男は美少女の体臭で鼻腔を満たし、舌を這わせると、早くも淡い酸味の愛液がヌラヌラと湧き出してきた。

「アア……、いい気持ち……」

小百合が熱く喘いで言い、内腿でムッチリと彼の顔を締め付けた。

やがて充分に舐めると、登喜男は股間から離れて仰向けになり、彼女の顔をペニスへと押しやった。

小百合も素直に移動し、彼の股間に腹這い、顔を寄せてきた。

そしてお下げ髪でサラリと内腿を撫《な》でながら、熱い息を籠もらせ、先端にしゃぶり付いてくれたのだった。

6

「ああ……、気持ちいいよ、すごく……」

登喜男は快感に喘ぎ、スッポリ含まれながら小百合の口の中で、唾液にまみれた幹をヒクヒク震わせた。

「ここも舐めて……」

陰嚢《いんのう》を指して言うと、小百合もスポンと口を引き離し、袋を舐め回してくれた。

二つの睾丸《こうがん》を転がし、生温かな唾液にまみれて高まると、また彼は亀頭をしゃぶってもらった。

登喜男が下からズンズンと股間を突き上げると、

「ンン……」

小百合は喉を突かれて呻きながら、自分も小刻みに顔を上下させ、スポスポと濡れた口で摩擦してくれた。

「ああ、いきそう……」

登喜男は高まりながら喘いだ。このまま可憐な口に出して飲んでもらいたいが、やはり挿入しなければならない。

「ね、今度は上から跨《また》がって入れて」

「私が兄様の上に……?」

言って手を引っ張ると、小百合は身を起こし、ためらいがちに言った。

それでも恐る恐る彼の股間に跨がり、唾液に濡れた先端に割れ目を押し当ててきた。

二度目とはいえ、まだ痛いだろうが、小百合はゆっくり腰を沈めて膣口に受け入れていった。

たちまちペニスはヌルヌルッと滑らかに根元まで呑み込まれ、彼は肉襞の摩擦と締め付けに包まれた。

「アアッ……！」

小百合が顔を仰け反らせて喘ぎ、ぺたりと座り込んで股間を密着させた。

登喜男は両手を伸ばして抱き寄せ、温もりと感触を味わいながら、僅かに両膝を立て、小刻みに股間を突き上げはじめた。

すると小百合も、彼の耳元で熱い息を弾ませながら、懸命に動きに合わせて腰を動かしてくれた。

「大丈夫？」

「ええ……」

囁くと小百合が答え、溢れる愛液で律動が滑らかになり、クチュクチュと湿った摩擦音も聞こえてきた。

快感が高まり、すぐに登喜男も気遣いを忘れて激しく突き上げてしまった。

そして下から唇を求め、滑らかに蠢く美少女の舌を味わい、滴る唾液でうっとりと喉を潤した。

「もっと唾を出して……」

言うと、小百合も息を弾ませながら懸命に唾液を分泌させ、口移しにトロトロと注ぎ込んでくれた。

登喜男は小泡の多い粘液を味わい、心地よく飲み込んで酔いしれた。

さらに小百合の喘ぐ口に鼻を押しつけ、甘酸っぱい息を胸いっぱいに嗅ぎながら突き上げを速めた。

「アア……」

小百合が喘ぎ、惜しみなく湿り気あるかぐわしい息を吐きかけてくれた。

そして舌を這わせ、彼の鼻の穴をチロチロと舐め回してくれたのだ。

「い、いく……!」

たちまち登喜男は激しく昇り詰め、溶けてしまいそうに大きな快感に包まれながら口走った。

同時に、ありったけの熱いザーメンをドクンドクンと柔肉の奥にほとばしらせた。

「ああ、熱いわ……」

噴出を感じた小百合も声を洩らし、自分から激しく股間を擦《こす》りつけてきた。柔らかな恥毛が擦れ合い、コリコリする恥骨の膨らみも伝わった。

登喜男は下から彼女を抱きすくめて心ゆくまで快感を味わい、最後の一滴まで出し尽くしていった。

やがて満足しながら突き上げを弱めてゆき、登喜男は美少女の重みと温もりを受け止めた。

「アア……、すごいわ、痛くなかった……」

小百合が息を震わせて言い、名残惜《なごりお》しげにキュッキュッと膣内を締め付けた。あるいは早くもオルガスムスの兆候を感じたのかも知れない。

ここで別れてしまうのは何とも惜しいが、決めるのは恵夢だ。

登喜男は息づくように収縮する膣内に刺激され、ヒクヒクと射精直後のペニスを過敏に震わせた。

そして果実臭の息と唾液の匂いを吸い込みながら、うっとりと快感の余韻を味わったのだった。

小百合もすっかり肌の強ばりを解き、力を抜いて遠慮なく彼に体重を預けていた。

登喜男は呼吸を整えると、また手を伸ばしてズボンのポケットからティッシュを取り出した。

すると小百合も、そろそろと股間を引き離してゴロリと仰向けになった。

手早くペニスを拭ってから身を起こし、小百合の股間に顔を寄せた。

今度は出血もしておらず、登喜男は優しく割れ目を拭って、再び添い寝して布団を掛けた。

小百合も、甘えるように肌をくっつけてじっとしていた。

「じゃ、このまま眠ってしまおう」

「ええ……」

腕枕し、髪の匂いを嗅ぎながら囁くと、小百合も彼の胸で小さく頷いた。

登喜男が住んでいる平成の時代だと、小百合は九十歳近いだろうか。彼の祖母より年上である。

小百合は来春卒業したら、やはり海軍工廠あたりで働くのだろう。

子を生んで、男手もなく母親と三人で暮らしてゆけるのだろうか。戦地へ行っている父親も、終戦で無事に帰還するかどうか聞いていない。

まあ、それは恵夢がうまくしてくれることだろう。

ただ子育てや生活がうまくいっても、心まで幸せになってくれるだろうか。明日にもそれを、ちゃんと恵夢に言っておこうと登喜男は思った。

気がつくと、いつしか小百合は眠ってしまい、登喜男の胸で軽やかな寝息を立てていたのだった。

7

「じゃ、行ってきます」

「ええ、気をつけて」

朝、三人で食事を済ませると、小百合は家を出て行った。

横須賀汐留《しおどめ》の駅から私鉄で、鳴神《なるかみ》（昭和二十三年に新大津駅に改称）にある女学校まで二十分ぐらいらしい。

恵夢と二人で玄関を出て見送ると、小百合は手を振ってから山道を下りていった。

「ああ、行っちゃった。これでお別れなんだね……」

「ええ、今度はちゃんと着床していたから、これでこの時代とはお別れ」

登喜男が言うと、恵夢も答えて一緒に家に入った。

彼が小百合母娘《おやこ》の行く末を頼むと、

「大丈夫。私やあなたが関わった女性は必ず幸運に見舞われるの」

恵夢が答えた。戦後、父親が復員してから事業も成功し、それまでの貯《たくわ》えも彼女が援助したようだ。

もちろん登喜男に今日限り会えない寂しさも、小百合が感じないよう操作してくれるのだろう。

「うん、それなら安心した」

「今までの女性たちで、小百合ちゃんがいちばん好き？」

「みんな好きだったけど、いちばん時代が近いから」

「そうね。彼女は平成と変わらない美少女だから」

恵夢は言い、割烹着を脱いだ。

「次は戦後、あと一人抱けば目標達成よ」

「あの……恵夢が最初に僕の部屋に来たとき、過去の五人の女性を妊娠させろと言ったでしょう。でも、もう五人クリアしたと思うのだけど」

確かに、今までに江戸時代で女武芸者の香穂、幕末に後家の久美、明治には令嬢の厚子、大正ではモデルの織江、戦時中では女学生の小百合とセックスをして、全て孕《はら》ませたはずである。

「ええ、妊娠は終わり。あと一人だけ、エッチで悦《よろこ》びを与え、生きる希望を与えたい人がいるの」

「分かりました、それより……」

登喜男も国民服を脱ぎながら言い、恵夢に縋《すが》り付いた。

そろそろ和服姿の恵夢も見納めだろうから、激しく淫気を催したのだ。

「ねえ、一度でいいから入れたい」

「駄目よ。でも、達成したらさせてあげる」

甘ったるい匂いを感じながら言うと、恵夢が答えた。

「本当？」

「ええ、だから、あと一人抱くため時間を飛ぶわ」

「そ、その前に、せめてお口で……」

登喜男は執拗に求め、先に全裸になってしまった。

どんなに精力を使い果たしても、タイムスリップした途端に、彼の体力も精力も万全になるのだから、今一回射精しても影響はないだろう。

「いいわ。待って、どうせ脱ぐのだから」

恵夢は応じてくれ、帯を解いて着物を脱ぎ去ると、たちまち一糸まとわぬ姿になってくれた。

登喜男も全裸になり、手早く布団を敷いて彼女を横たえた。

和服を脱ぎ去り、アップにしていた髪を下ろすと、恵夢は元通り現代的で可憐な美女に戻った。

添い寝すると、恵夢の方から彼を抱きすくめ、やんわりとペニスを揉《も》んでくれながら顔を寄せた。

「いきそうになったら言って。お口で受けてあげるから」

恵夢が甘い息で囁き、唇を重ねてチロチロと舌をからめてきた。そして指で巧みにペニスを愛撫《あいぶ》してくれた。

「ク……」

登喜男は未来美女でアンドロイドの甘い唾液と吐息を吸収し、彼女の手のひらの中でムクムクと最大限に膨張しながら呻いた。

彼も手を這わせ、柔らかなオッパイを揉み、股間を探った。

柔らかな恥毛を掻き分けて割れ目を撫でると、そこはヌラヌラと熱い蜜に潤い、指の動きを滑らかにさせた。

こんなに濡れているのに、まだ入れさせてくれないのだ。

しかし微妙な指の動きは、他の誰よりも心地よく、たちまち登喜男は絶頂を迫らせてしまった。

「い、いきそう……」

言うと恵夢はすぐに唇を離して身を起こし、彼の股間に顔を寄せていった。

登喜男も彼女の下半身を求めて抱き寄せると、恵夢も彼の顔に跨がり、女上位のシックスナインの体勢を取ってくれた。

下から腰を抱え、潜り込むようにして恥毛に鼻を埋め込むと、汗とオシッコの匂いが生ぬるく濃厚に籠もっていた。

匂いを消すなど造作もないのだろうが、きっと登喜男の悦《よろこ》ぶ濃度にしてくれているのだろう。

登喜男が胸いっぱいに恵夢の体臭を嗅ぎ、割れ目に舌を這わせると、彼女も先端にしゃぶり付き、スッポリと喉の奥まで呑み込んでくれた。

「あうう……」

彼は快感に呻きながら恵夢のクリトリスを吸い、滲む愛液を舐め取った。

さらに伸び上がって形良い尻の谷間に鼻を埋め込み、蕾に籠もった微香を嗅ぎ、舌を這わせた。

「ンン……」

恵夢も小さく呻き、熱い鼻息で陰嚢をくすぐりながらペニスを吸い、ネットリと舌をからめてくれた。

登喜男は、まるでセックスするようにズンズンと股間を突き上げ、再び恵夢の割れ目に戻ってクリトリスを舐めた。

恵夢も顔を上下させ、喉の奥を突かれても苦しがる様子はなく、生温かな唾液をたっぷり溢れさせ、柔らかな唇で摩擦運動を繰り返してくれた。

もう我慢できず、登喜男は遠慮なく恵夢の喉の奥の肉に先端を押し付けるように律動し、とうとう絶頂に達してしまった。

「いく……、アアッ……！」

割れ目から口を離して喘ぎ、ありったけの熱いザーメンをドクドクと勢いよく恵夢の口の中にほとばしらせた。

「ク……」

恵夢も噴出を喉の奥に受けながら小さく呻き、全て受け止めてくれた。

登喜男は恵夢の体臭に包まれながら、心置きなく最後の一滴まで出し尽くし、すっかり満足しながら硬直を解いていった。

「ああ……、気持ち良かった……」

彼はグッタリと身を投げ出して言い、息づく割れ目を見上げた。

恵夢も亀頭を含んだままゴクリと大量のザーメンを飲み下し、口腔をキュッと締め付けた。

登喜男は刺激に過敏に反応し、恵夢の口の中でヒクヒクと幹を震わせた。

彼女は全て喉に流し込むと、口を離して幹をしごき、尿道口に脹《ふく》らむ余りの雫まで丁寧に舐め取り、やがて身を起こして再び添い寝してきてくれた。

登喜男は胸に抱かれ、温もりと匂いに包まれながら、うっとりと余韻を味わった。

「さあ、このまま時間を飛びましょう」

恵夢が囁き、彼をしっかりと柔肌に抱きすくめた。

たちまち登喜男の全身が浮遊感に包まれ、視界が霞《かす》んできた。

（小百合、どうか元気で……）

彼は心の中で言い、やがて戦時中の時代を抜け出たのであった。

第六章　巡り合わせの女たち

1

「ああ、ここは……」

気がついた登喜男は、アパートの一室らしい部屋を見回して言った。

「昭和五十年（一九七五）よ。首相は三木武夫《みきたけお》、映画ヒットはジョーズにエマニエル夫人、流行歌はシクラメンのかほり、あとは紅茶キノコに、アンタあの娘《こ》の何なのさ」

清楚《せいそ》なブラウス姿の恵夢が言った。

「何か、よく分からないな」

「この時代なら、もう勝手に外を出歩いて構わないわ。これに着替えて出ましょうか」

彼が全裸のままだったので、恵夢がブリーフとシャツ、ベルボトムのジーンズを出してくれた。

恵夢が言い、身繕いを終えた彼を促してアパートを出た。

裏通りから路地を抜けて出ると、そこは銀座《ぎんざ》らしい。ほとんど平成の現在と変わらない風景だった。

そして恵夢は、一軒の喫茶店に登喜男と入った。レトロな雰囲気で、二人はカウンターの隅に腰を下ろしてコーヒーを頼んだ。

するとあとから入って来た女性が、登喜男の隣に座ったのだ。

「あら、可愛《かわい》い子たちね。ご兄妹かしら」

いきなり声を掛け、やはりコーヒーを頼んで香水の匂いを漂わせた。やはり恵夢は三十歳とはいえ、見かけは十五歳ぐらいなので、登喜男が兄に思われるのだろう。

四十前後で、女性かと思ったが、どうやら男のようだ。

（うわ、あの丸山紅彦《まるやまべにひこ》だ……）

登喜男は、俳優で歌手で霊感師で有名な彼女だと思い当たった。

「まさか」

「ふふ、違うわ」

登喜男が心配して呟《つぶや》くと、恵夢が笑って答えた。

「ああ良かった」

登喜男は、紅彦がエッチの相手でないと知ると、ほっとしてコーヒーを飲んだ。

確かに男なら妊娠させる必要もない。

「何が良かったの？」

紅彦が訊《き》いてくる。

「いえ、さっきまで戦時中に、いや、その頃の本を読んでいたので、平和は良いなって」

「そうね。でも連続企業爆破はあるし、公害も交通事故も減らないし、まだまだ安心な時代じゃないわ」

紅彦が言い、優雅な仕草で手のひらを返して腕時計を見た。

「あらもうこんな時間、ノンビリしている場合じゃないわ。行かないと」

彼女は言って、急いでコーヒーを飲み干すと勘定を払って立った。

「じゃまたね、可愛いお二人さん、不思議な雰囲気があるわ。何か大きな運命を持っていそうね」

そう歯切れ良く言って手を振り、紅彦は喫茶店を出ていった。

「ああ驚いた」

「相手はあっちの席の人よ」

恵夢が指す方を見ると、窓際のボックス席で一人の三十前後の女性がコーヒーを飲んでいた。

打ち沈んだ様子だが、どこか顔に見覚えがあった。

「まさか、小百合さん？　いや、彼女のお母さんにも似ているけど」

登喜男は、戦時中に会った小百合母娘《おやこ》を思い出して言った。

「そうよ、彼女の名は沖野乃梨子《のりこ》。小百合さんの娘だわ」

「え……？」

では、昭和二十年に生まれたであろう登喜男の娘ということになる。

「彼女だけじゃないわ。全て繋《つな》がっているの。香穂、久美、厚子、織江、小百合、そして乃梨子、みな直系よ」

「そ、そんな、みんな僕の血筋……？」

「ええ、君の遺伝子をどんどん重ねて、やがて未来で、私を作った博士になるわ。そしてまた、私も博士の娘」

「……」

登喜男は混乱し、わけが分からなかった。

とにかく、この恵夢も自分の遥《はる》か未来の子孫なのである。

「さ、小百合さんは元気なの？」

「ええ、いま四十代後半で長野にいるわ。乃梨子さんは、学力優秀な一人娘が小学校を出て、海外に招かれて留学したの。それで一人きりになって寂しがっているわ。働かない亭主とは三年前に離婚」

「じゃ、あの乃梨子さんを僕が慰める？」

「そう、それで今回の使命は全て完了。実の娘でも、孕まないのだから抵抗はないでしょう？」

言われて、確かに抵抗感はないと思った。娘とはいえ乃梨子は魅惑的な美女だし、むしろ小百合の母親のような感覚すらある。

乃梨子は今日、娘を空港で送り出し、帰りに一人で喫茶店に寄ったようだった。

「出るわ、じゃ私たちも」

やがて乃梨子が勘定を払って店を出たので、登喜男と恵夢も続いた。

「待って、乃梨子さん」

恵夢が声を掛けると、彼女が振り返った。

「まあ、あなたはいつかの」

乃梨子が恵夢を見て言う。恵夢は前もって彼女とコンタクトを取っていたのだ。

「ええ、長野に帰る電車のお時間はまだあるでしょう。良ければうちに。これは前に話した、弟の登喜男です」

恵夢が誘うと、乃梨子も彼に会釈し、素直についてきた。

またアパートの部屋に戻ったが、二人を入れると恵夢だけどこかへ行ってしまった。

布団が敷きっぱなしの部屋に座り、乃梨子は登喜男を見た。

「何だか、初めてお会いする気がしません」

「ええ、僕もです」

登喜男は言い、自分の娘とはいえ、小百合の面影のある乃梨子に激しく欲情してきた。

「恵夢さんのお話では、私を慰めてくれるようで……」

「はい、僕で構わなければ」

すぐにも話が決まり、二人は心を通じ合わせたように脱ぎはじめていった。

2

（うわ……、すごい巨乳……）

脱いでいく乃梨子を見て、登喜男は激しく勃起した。

髪はセミロングで、やや憂いのある表情が色っぽく、白い熟れ肌が露《あら》わになっていくにつれ甘ったるい匂いが生ぬるく室内に立ち籠めはじめた。

登喜男は先に手早く脱いで全裸になり、布団に横になって待った。

間もなく乃梨子も最後の一枚を脱ぎ去り、羞《は》じらいの仕草で彼の隣に寝た。

恵夢がどのように乃梨子の意識を操作したか分からないが、もう回りくどい説明も何も要らず、彼女はすぐにもその気になってくれたようだ。

登喜男は例により、甘えるように腕枕してもらおうと思ったら、乃梨子の方から彼の胸に顔を埋《うず》めてきた。

仕方なく、彼は娘とはいえ一回り近く年上の乃梨子に腕枕してやった。

「ああ、嬉《うれ》しい……」

乃梨子が、安らぎを得たように言って彼の胸を熱い息でくすぐった。

やはり無意識に、父親というのが分かるのか。それとも女手一つで一人娘を留学までさせて、今まで気を張っていたが、それが一気に解放されて誰かに縋《すが》りたかったのかも知れない。

「ね、好きにさせて下さい……」

乃梨子が言い、仰向《あおむ》けの彼にのしかかり、上からピッタリと唇を重ねてきた。

欲求が溜《た》まっているのだろうが、大人しげな顔立ちに似合わず、かなり積極的な性格のようである。

登喜男は唇の感触を受け止め、ヌルッと潜り込んできた舌を舐《な》め回《まわ》し、生温かな唾液のヌメリを味わった。

熱く湿り気ある吐息は、白粉《おしろい》のように甘い上品な刺激を含んで、悩ましく鼻腔《びこう》を掻《か》き回《まわ》してきた。

「ンン……」

乃梨子は熱く鼻を鳴らしながら執拗《しつよう》にチロチロと舌をからめ、大胆に彼の股間に指を這《は》わせてきた。

「嬉しい、こんなに硬くなって……」

乃梨子が唇を離して囁《ささや》き、ニギニギと弄びながら顔を移動させていった。

まずは彼の乳首を舐め、チュッと吸い付き、熱い息で肌をくすぐりながら両方愛撫《あいぶ》し、さらに下降していった。

「ああ……」

登喜男は受け身になり、快感に喘《あえ》ぎながら彼女の手のひらの中でヒクヒクとペニスを震わせた。

乃梨子の顔も彼の股間に迫り、とうとう先端に舌が這い回って滲《にじ》む粘液が舐め取られ、さらに亀頭にしゃぶり付いてきた。

「アア、気持ちいい……」

登喜男はうっとりと喘ぎ、乃梨子もスッポリと喉の奥まで呑《の》み込《こ》んで吸い付いた。

十七歳の可憐《かれん》な女学生だった小百合を抱き、その娘がこんな成熟した美女になっているのだから、単なる快感以上に登喜男は感無量だった。

乃梨子はネットリと舌をからめ、顔を上下させてスポスポと唇で摩擦し、熱い鼻息で恥毛をくすぐった。

「い、いきそう……、今度は僕が……」

登喜男は絶頂を迫らせて言い、腰をよじった。すると乃梨子も素直にスポンと口を引き離してくれた。

彼は身を起こし、入れ替わりに乃梨子を仰向けにさせ、のしかかりながら色づいた乳首にチュッと吸い付いていった。

コリコリと硬くなった乳首を念入りに舌で転がし、顔中を豊かな膨らみに埋め込むと、柔らかな感触とともに甘ったるい体臭が感じられた。

「アア……」

受け身に転じた乃梨子が熱く喘ぎ、白い熟れ肌をクネクネと悶《もだ》えさせた。

左右の乳首を充分に舐め、顔中で巨乳を味わってから、登喜男は彼女の腋《わき》の下に顔を埋め込んでいった。

そこには柔らかな腋毛が煙り、鼻を擦《こす》りつけて嗅ぐと甘ったるいミルクのような汗の匂いが濃厚に籠もっていた。

登喜男は美女の体臭で胸を一杯に満たし、さらに滑らかな肌を舐め下りていった。

小百合と繋がっていた臍《へそ》を舐め、張り詰めた下腹から豊満な腰、ムッチリとした太腿《ふともも》を舌でたどった。

どこに触れても乃梨子はビクッと敏感に反応し、脛《すね》は腋と同様処理していない体毛があり、野趣溢《あふ》れる魅力が感じられた。それだけ一人で頑張って、子育てに専念してきたのだろう。

登喜男は足裏に回って顔を押し付け、舌を這わせながら指の間に鼻を割り込ませた。

やはりそこは汗と脂にジットリと湿り、生ぬるく蒸れた匂いが悩ましく濃厚に沁《し》み付《つ》いていた。

彼は美女の足の匂いを貪り、爪先にしゃぶり付いて全ての指の股を舐め回した。

「あう……！」

乃梨子が息を詰めて呻《うめ》き、クネクネと腰をよじって脚を震わせた。ダメ男だったらしい元亭主は、こんな部分まで舐めたりしなかったに違いない。

登喜男は両足とも存分に貪り尽くし、味と匂いを堪能《たんのう》してから脚の内側を舐め上げていった。

大股開きにさせ、白く量感ある内腿を舐め上げて股間に迫ると、すでに割れ目が大量の愛液にまみれているのが見えた。

黒々と艶のある恥毛が情熱的に濃く茂り、はみ出した陰唇も興奮に色づいてヌメヌメと潤っていた。

指で広げると、中では熟れた柔肉が息づき、膣口《ちつこう》の襞《ひだ》には白っぽい粘液もまつわりついていた。

光沢あるクリトリスは大きめで、包皮を押し上げるようにツンと突き立って愛撫を待っているようだ。あるいはオナニーに明け暮れて大きく発達したのかも知れない。

登喜男は顔を埋め込み、柔らかな茂みに鼻を擦りつけながら舌を這わせていった。

恥毛には生ぬるく甘ったるい汗の匂いが籠もり、それに残尿臭の刺激も混じって鼻腔を掻き回してきた。

ヌメリは淡い酸味を含み、すぐにも彼の舌の動きを滑らかにさせた。

「アアッ……、いい気持《も》ち……」

乃梨子が顔を仰《の》け反らせて熱く喘ぎ、内腿でキュッときつく登喜男の両頬を挟み付けてきた。

彼は膣口からクリトリスまで舐め上げ、乳首のように吸い付いていった。

3

「あうう……、いきそう……」

乃梨子が白い下腹をヒクヒク波打たせて呻き、大量の愛液を漏らしてきた。

登喜男もヌメリをすすり、さらに彼女の両脚を浮かせ、逆ハート型の豊かな尻に迫っていった。

谷間の蕾《つぼみ》はレモンの先のようにピンクの襞を盛り上げ、鼻を埋め込むと生々しく秘めやかな微香が沁み付いていた。

やはりこの時代は、まだトイレ洗浄機は普及しておらず、これが女性たちのナマの匂いなのだろう。

登喜男は何度も深呼吸して胸を満たし、舌先で襞を舐めて濡《ぬ》らし、ヌルッと潜り込ませて粘膜を味わった。

「く……、ダメ……」

乃梨子が、キュッと肛門《こうもん》で舌先を締め付けながら呻いた。

登喜男は舌を出し入れさせるように蠢《うごめ》かせてから引き抜き、脚を下ろして再び大洪水になっている割れ目を貪り、クリトリスに吸い付いた。

「い、入れて、お願い……！」

乃梨子が声を上ずらせ、激しく腰をくねらせてせがんできた。

登喜男も身を起こし、そのまま股間を進めていった。

幹に指を添えて先端を濡れた柔肉に擦りつけ、位置を定めると、ゆっくりと挿入していった。

張りつめた亀頭が潜り込むと、あとはヌメリに合わせてヌルヌルッと根元まで滑らかに吸い込まれた。

「ああッ……！」

乃梨子が身を弓なりに反らせて喘ぎ、熱く濡れた柔肉でキュッと彼自身をきつく締め付けてきた。

登喜男も肉襞の摩擦と温《ぬく》もりに包まれ、股間を密着させて身を重ねていった。

（とうとう娘と交わってしまった……）

肌を合わせて思ったが、それでも十九歳の彼にとって、三十歳の成熟した乃梨子が娘という実感はなく、たちまち快感に全てを奪われていった。

乃梨子も下から両手を回してしがみつき、待ちきれないようにズンズンと股間を突き上げてきた。

登喜男も合わせて腰を突き動かすと、すぐにも愛液で動きが滑らかになり、クチュクチュと淫らに湿った摩擦音が響いてきた。

揺れてぶつかる陰嚢《いんのう》もネットリと濡れ、溢れた分が下の布団まで湿らせていった。

彼が遠慮なく身を預けると、胸の下では巨乳が押し潰れて弾み、汗ばんだ肌が吸い付いて、コリコリする恥骨の膨らみも下腹に伝わってきた。

喘ぐ口に鼻を押しつけて胸いっぱいに嗅ぐと、吐息に含まれた白粉臭の刺激が馥郁《ふくいく》と鼻腔を湿らせ、甘美な悦びがうっとりと胸に広がっていった。

すると乃梨子が喘ぎながら舌を伸ばし、チロチロと彼の鼻の穴を舐め回してくれた。

さらに顔中も擦りつけ、登喜男は美女の唾液にまみれながら股間をぶつけるように激しく動かした。

「い、いっちゃう……、アアーッ……！」

たちまち乃梨子が膣内の収縮を活発にさせ、口走ると同時にガクガクと狂おしい痙攣《けいれん》を開始した。

激しく腰を跳ね上げるので、登喜男は暴れ馬にしがみつく思いで必死に動きながら、彼女の勢いに巻き込まれてオルガスムスに達してしまった。

「く……！」

突き上がる大きな絶頂の快感に呻き、熱い大量のザーメンをドクンドクンと勢いよく内部にほとばしらせると、

「あう、熱いわ、いい……！」

乃梨子は噴出を感じ取り、駄目押しの快感を得て呻いた。

膣内はザーメンを飲み込むようにキュッキュッときつく締まり、登喜男は心ゆくまで快感を味わいながら、最後の一滴まで絞り尽くしていった。

彼はすっかり満足しながら徐々に律動を弱めてゆき、やがて体重を預けて荒い呼吸を繰り返した。

「ああ、良かった……。こんなに感じたの初めて……」

乃梨子も満足げに口走り、熟れ肌の強《こわ》ばりを解いて彼の下でグッタリと身を投げ出していった。

まだ膣内の収縮が名残惜《なごりお》しげに続き、刺激されるたび内部でペニスがピクンと過敏に跳ね上がった。

すると彼女も感じすぎるように、キュッときつく締め付けてきた。

登喜男は乃梨子の熱く甘い吐息を間近に嗅ぎながら、うっとりと余韻を味わってから、やがてそろそろと股間を引き離して添い寝していった。

すると、また乃梨子が甘えるように腕枕をせがんできた。

「こんなガキに、甘えるのが好きなの？」

登喜男は呼吸を整えながら訊いた。

「何だか、あなたが身内みたいな気がして……。それに、父にもあまり甘えたことがなかったから……」

乃梨子も荒い息遣いで答え、たまに思い出したようにビクッと肌を震わせた。

「長野には、小百合お母さんと誰がいるんです？」

「祖父母と、父がいるわ。私も今日これから戻るけれど」

訊くと、乃梨子が答えた。

小百合も結婚して元気に暮らし、夫は乃梨子を自分の子と信じているのだろう。そして、その父親も復員し、皆で仲良く暮らしているらしい。長野は、小百合の父親の郷里だったようだ。

「すっかり元気になったわ。あとは、娘がアメリカから帰ってくるまで家族と待つことにします」

乃梨子が言って身を起こし、ティッシュで割れ目を拭い、愛液とザーメンにまみれたペニスにしゃぶり付いてきた。

「あう……」

執拗に舌がからみつき、登喜男は呻きながらも次第に彼女の口の中でムクムクと回復していった。

乃梨子も次第に夢中になって顔を上下させ、濡れた口でスポスポと摩擦してくれるので、登喜男は激しく高まり、続けざまに昇り詰めてしまった。

「い、いく……、アアッ……！」

快感に貫かれて喘ぐと同時に、ありったけのザーメンが勢いよくほとばしり、乃梨子の喉の奥を直撃した。

「ク……、ンン……」

彼女は熱く鼻を鳴らし、熱い噴出を受け止めながらなおも吸引し、舌の動きを続けてくれた。

そして登喜男は出し切ってグッタリとなり、乃梨子の喉がゴクリと鳴る音を、ぼんやりと聞いていた……。

4

「さあ、現代へ帰るわ」

乃梨子を送り出すと、入れ替わりに恵夢が戻ってきて言った。

「これで、使命は全て完了？」

「ええ、おかげで未来は安泰」

恵夢が、奇妙な形の腕時計を見て確認しながら答えた。

「最初に会ったときは、何だか僕が単に性欲が強いから選んだみたいだったけど、恵夢が僕の子孫なら、実際は僕しかいないと決まっていたんだね？」

「ええ、なまじ会う女性の全てがあなたの血筋だと知ると、セックスしにくいと思って黙っていたの」

恵夢が答える。

「僕の未来は？　これで平凡な浪人生に戻ってしまう？」

「うちの一族は、今後ともあなたと関わっていくから、大学は受かるし将来も心配ないわ。言えるのはここまで。さあ、とにかく戻りましょう。過去への旅は終わり」

恵夢が彼を抱きすくめ、腕時計を操作すると、たちまち登喜男は最後の時空の流れを飛び越えていった。

気がつくと、そこは自分のアパートの部屋で、やけに懐かしかった。

「さあ、平成よ。私と最初に会ったとき」

恵夢が言い、登喜男もほっとすると同時に空腹を覚えた。

「何だか、何日も食事してない気がする」

「いいわ、外へ出ましょう。どこか開いてるでしょう」

言われて登喜男は、久しぶりに自分の服を着た。恵夢も現代の清楚な服装だ。

外へ出ると、まだ深夜食堂が開いていて、登喜男はカツ丼を頼んだ。恵夢は野菜スープだけにし、そして二人で一本のビールを乾杯して飲んだ。

恵夢は見た目は少女だが、店主は気にしていないらしく、棚にあるテレビを見ていた。

登喜男も画面を見ると、黄色く染めた長髪で、八十代になる丸山紅彦が出ていた。

「そうね、もう四十年ほど前かしら。ものすごい雰囲気を持った男女に銀座の喫茶店で会ったの。ほんの一、二分だったけど、今どうしているかしら。あんなオーラの人たちは、後にも先にもあの二人だけだったわ」

紅彦が言い、登喜男は苦笑し、運ばれてきたカツ丼を食った。

「自分のオーラの方がすごいのにね」

「ええ、あのときもすごい雰囲気だったわ」

「でも、恵夢だけじゃなく、僕まですごいオーラを持ってるのかな」

「時を越えているから、もう普通の子じゃないわね」

恵夢が言い、熱いスープを飲み干した。

そして登喜男はカツ丼を食い終え、勘定を済ませて食堂を出た。

するとアパートへ戻る途中で、三人の不良たちに囲まれた。二十歳《はたち》前後の、見るからに頭の悪そうな連中である。

「すげえ可愛い子が、こんな遅くにどこ行くんだい」

下卑た笑みを浮かべ、とびきりの美少女である恵夢に迫り、ついでに登喜男にも睨《にら》み付けてきた。

「未来に用のないクズ。子孫を作ることは禁止するわ」

「なにい？　むぐ！」

恵夢が言い、いきなり男の股間を蹴り上げると、奴《やつ》は白目を剝《む》いて呻いた。

「な、何しやがる、ぐわ！」

残りの二人も、次々と恵夢に股間を蹴られて倒れた。

さらに恵夢は順々に、三人の睾丸《こうがん》を完全に踏みつぶしていった。

「うわ、痛そう……」

登喜男は身震いしながら、美少女の行為を見ていた。

「さあ、行きましょう」

恵夢は作業を終えて言い、登喜男も完全に悶絶《もんぜつ》している三人をあとに、一緒にアパートへと急いだ。

「死なないかな」

「構わないわ、どっちでも。何かの間違いで人の形をしているだけだから」

「それもそうだね」

彼も平然と答え、アパートに戻った。

登喜男も各時代を旅して、それぞれの人たちに会い、真面目《まじめ》に生きている人が愛《いと》しく、どうしようもない破落戸《ごろつき》は消滅すれば良いと思った。

「恵夢とは、もう会えなくなるの？」

部屋に入ると、登喜男は気になっていたことを訊いた。

「ええ、もうあなたの人生も安泰。でも、もし何かの手違いで危機が訪れたら、そのときは私が助けに来るわ」

「わあ、じゃ危機があった方がいいな」

「でも、今回のような妊娠の手違いは、もう二度と無いでしょうね」

恵夢が言う。してみると未来というものは、それほど確固とした流れではないのかも知れない。

「結局、女系ばかりだった僕の子孫に初めて男子が出来て、それが科学者になってタイムマシンを作り、娘の恵夢をアンドロイドに改造？」

「ええ」

「その技術が、未来に生かされて病気もなくなり生活も豊かに？」

「そうよ。言えるのはそこまで」

恵夢が話を打ち切るように言うと、登喜男もそれ以上の詮索は諦めた。

するとと急に、彼は恵夢への欲望がムラムラと突き上がってきた。

「ね、もう最後までしてもいい？」

「ええ、約束だわ」

言うと、恵夢はすぐにも服を脱ぎはじめてくれた。

登喜男も全て脱ぎ去り、全裸になって万年床に仰向けになった。

「何でも好きにしてくれる？」

「いいわ、言って」

恵夢も、一糸まとわぬ姿になり、艶《なま》めかしい笑みを浮かべて答えた。

実際は三十歳ということだが、見た目はとびきりの美少女が、白い肌と完璧な肢体を晒《さら》した。

「ここに座って」

登喜男は仰向けのまま、自分の下腹を指して言った。

「こう？」

恵夢もすぐに彼の腹に跨《また》がり、ためらいなく座り込んでくれた。

5

「ああ、気持ちいい。両脚を伸ばして顔に乗せて……」

登喜男は、下腹に彼女の重みを受け、うっとりと言った。

恵夢も、彼の立てた両膝に寄りかかりながら素直に両脚を伸ばし、足裏を顔に乗せてくれた。

これで、全体重が登喜男にかけられた。

しかし人工の骨格でも、それほどの重みは感じられない。

むしろ下腹に吸い付く割れ目の締め付けや湿り気、顔に感じる両足裏の温もりは、正にアンドロイドではなく生身の美少女のようだった。

登喜男は恵夢の足裏を舐め、指の間に鼻を割り込ませた。

やはりムレムレの匂いが沁み付いているが、これは彼が好むので人工的に作り出したわけではなく、普通の人と同じように代謝もあるので、動くうち自然に発せられた匂いであろう。

彼は美少女の足の匂いを貪り、爪先にしゃぶり付いて、両脚とも全ての指の股を舐め回した。

「前に来て」

味わい尽くして言うと、恵夢もすぐに彼の顔の左右に両脚を突き、前進してきた。

そして脚をM字にして完全にしゃがみ込むと、白い脹《ふく》ら脛《はぎ》と内腿をムッチリと張り詰めさせて、割れ目を登喜男の鼻先に突きつけてくれた。

丸みを帯びた割れ目の間から綺麗《きれい》な薄桃色の陰唇がはみ出し、僅かに開いて襞の息づく膣口と、真珠色の光沢あるクリトリスが覗《のぞ》いていた。

彼は恵夢の腰を抱き寄せ、ぷっくりした丘に煙る、楚々とした茂みに鼻を擦りつけて嗅いだ。

隅々には汗とオシッコの匂いが生ぬるく籠もり、登喜男は何度も息を吸い込んで嗅ぎ、鼻腔を刺激されながら割れ目に舌を挿し入れていった。

膣口に入り組む襞をクチュクチュ掻き回すと、淡い酸味のヌメリが舌の動きを滑らかにさせた。

そして柔肉をたどってクリトリスまで舐め上げていくと、

「あん……」

恵夢が可憐に喘ぎ、ビクッと内腿を震わせた。クリトリスを刺激すると、ヌメリの量も増して行き、さらに登喜男は大きな白桃のような尻の真下に潜り込んだ。

顔中にひんやりする双丘を受け止めながら、谷間の蕾に鼻を押しつけて嗅ぐと、やはり悩ましい微香が籠もり、彼は恵夢の匂いで胸を一杯に満たした。

舌先でチロチロとくすぐるように蕾を舐めて濡らし、潜り込ませてヌルッとし

った。

登喜男は充分に味わってから舌を引き抜き、再び割れ目に戻ってヌメリをすすた粘膜を味わうと、
恵夢も感じて呻き、モグモグと肛門で舌先を締め付けてきた。

「く……」

「ね、オシッコ出して……」

真下から言うと、恵夢も和式トイレスタイルで両脚を踏ん張り、下腹に力を入れて尿意を高めてくれた。

こうしたところは、他の女性たちとは違って、ためらいなくすぐ応じてくれるのが嬉しかった。

「いい？　出ちゃう……」

やがて恵夢が息を詰めて言い、柔肉が迫《せ》り出《だ》すように盛り上がって、味と温もりが変化してきた。

するとすぐに、ポタポタと雫《しずく》が滴り、チョロチョロと弱々しい流れが彼の口にほとばしってきた。

登喜男は嬉々《きき》として受け止め、噎《む》せないよう気をつけながら夢中で喉に流し込

んだ。

味も匂いも実に上品で控えめで、何の抵抗もなく飲み込むことが出来た。

流れは一瞬勢いを増したが、それでピークは過ぎ、すぐに治まってしまい再び点々と雫が滴った。

登喜男はそれを舐め取り、舌を挿し入れて余りのヌメリもすすった。

すぐに新たに溢れる愛液に残尿が洗い流され、再び割れ目内部は淡い酸味の潤いに満たされていった。

そして彼が舌を引っ込めると、恵夢は察したように顔から股間を引き離し、移動していった。

屈《かが》み込《こ》んで登喜男の左右の乳首を舐め、熱い息で肌をくすぐりながら吸い付き、さらに綺麗な歯でキュッと嚙《か》んでくれた。

「あう、気持ちいい、もっと強く……」

登喜男がクネクネと身悶えてせがむと、恵夢も力を込めて歯を食い込ませ、彼は甘美な刺激に激しく勃起した。

恵夢はさらに彼の肌を舐め下り、時に歯を立て、大股開きになった真ん中に腹這いになった。

長い髪がサラリと彼の股間を覆い、内部に温かな息が籠もった。

まず恵夢は登喜男の両脚を浮かせ、オシメでも当てるような格好にさせて、尻の谷間を舐めてくれた。

チロチロと舌先が肛門を刺激し、ヌルッと潜り込んでくると、

「く……、いい……」

登喜男は妖しい快感に呻き、キュッと恵夢の舌先を肛門で締め付けた。

恵夢も内部で舌を蠢かせ、やがて引き抜きながら彼の脚を下ろし、そのまま陰嚢を舐め回してくれた。

二つの睾丸を舌で転がし、袋全体を生温かな唾液にまみれさせると、いよいよペニスの裏側を舐め上げ、先端まで滑らかな舌を這わせてきた。

そして尿道口から滲む粘液を丁寧に舐め取り、張りつめた亀頭をくわえ、そのままモグモグと根元まで深々と呑み込んだ。

「ああ、気持ちいい……」

登喜男は美少女の温かく濡れた口腔に含まれ、内部で幹をヒクヒクさせながら快感に喘いだ。

恵夢も先端が喉の奥に触れるほど深く頬張り、熱い鼻息で恥毛をそよがせなが

らチュッチュッと強く吸い付き、幹を丸く締め付けて舌を蠢かせた。

たちまちペニス全体は、恵夢の温かく清らかな唾液にどっぷりと浸り、快感を高めていった。

恵夢も顔を上下させ、スポスポと摩擦してくれ、たっぷりと唾液を出してヌメらせてくれた。

彼は充分に高まり、やがてせがむように腰をよじると、恵夢もスポンと口を離した。

6

「とうとう、一つになる時が来たわね」

恵夢が身を起こし、登喜男の股間に跨がりながら言った。

あるいは望んでいたのは彼ばかりでなく、恵夢も同じ気持ちだったのかも知れない。

登喜男も胸を高鳴らせて期待していると、彼女は濡れた割れ目を先端にあてがい、ゆっくりと腰を沈み込ませてきた。

張りつめた亀頭が潜り込むと、あとはヌルヌルッと滑らかに、肉襞の摩擦を受けながらペニスは根元まで恵夢の膣口に吸い込まれていった。

「アアッ……！」

彼女が顔を仰け反らせ、登喜男の胸に両手を突っ張りながら喘いだ。

登喜男も熱く濡れた膣内にキュッときつく締め上げられ、思わず暴発を堪《こら》えて奥歯を噛み締めた。

恵夢は目を閉じて快感を味わいながら、密着した股間をグリグリと擦りつけ、やがて身を重ねてきた。

彼も両手を回して抱き留め、両膝を立てて恵夢の尻や内腿の感触も味わった。

そして潜り込むようにして彼女の乳首に吸い付き、柔らかな膨らみに顔中を押し付けて甘い体臭を嗅いだ。

「噛んで……」

恵夢が囁き、腰を遣いはじめた。

やはりアンドロイドの彼女は、微妙な愛撫より強い刺激を好むようだ。

登喜男もコリコリと歯を立てながら、もう片方の乳首も念入りに愛撫し、彼女の動きに合わせてズンズンと股間を突き上げはじめていった。

大量の愛液が溢れ、互いの股間がビショビショになって、彼の陰嚢や肛門の方にも伝い流れてきた。

もちろん登喜男は彼女の腋の下にも鼻を埋め込み、甘ったるい汗の匂いを吸収し、突き上げを強めていった。

彼は恵夢の白い首筋を舐め上げ、唇を求めていった。

恵夢も上からピッタリと唇を重ねてくれ、たっぷりと唾液を注ぎながら舌をからめてくれた。

登喜男は、生温かく小泡の多い粘液で喉を潤し、甘酸っぱい息の匂いに酔いしれながら高まった。

もう彼女の唾液には、過去の世界に関する必要な情報も含まれておらず、登喜男は純粋に飲み込みながらうっとりと快感だけに専念した。

「ンン……」

恵夢も熱く鼻を鳴らし、執拗に舌をからみつけ、腰の動きに勢いを付けていった。

「ああ、いい気持ち、いきそうよ……」

恵夢が唇を離し、淫らに唾液の糸を引きながら熱く囁いた。

「舐めて、顔中……」

登喜男も絶頂を迫らせながら顔を抱き寄せると、恵夢も果実臭の息を弾ませながら、ヌラヌラと彼の鼻の穴や頬、鼻筋や瞼《まぶた》まで舐め回し、生温かく清らかな唾液で顔中まみれさせてくれた。

「ああ、いく……！」

ひとたまりもなく登喜男は口走り、大きな絶頂の快感に全身を貫かれてしまった。

同時に、ありったけの熱いザーメンがドクンドクンと勢いよく内部にほとばしり、奥深い部分を直撃した。

「か、感じる……、アアーッ……！」

噴出を受け止めると、恵夢もオルガスムスのスイッチが入ったように声を上ずらせ、そのままガクガクと狂おしい痙攣を開始して締め付けた。

「く……」

締まりの良さに登喜男は呻き、駄目押しの快感を得て心置きなく最後の一滴まで出し尽くしてしまった。

（ああ、とうとう恵夢と出来た……）

彼は感激に包まれながら満足し、徐々に突き上げを弱めていった。

「ああ……」

恵夢も声を洩《も》らし、ゆっくりと肌の強ばりを解きながらグッタリと力を抜き、体重を預けてきた。

「気持ち良かったわ。すごく……」

恵夢がかぐわしい息で熱く囁き、完全に動きを止めてもたれかかった。

登喜男は、まだキュッキュッと収縮を続ける膣内で、射精直後のペニスをヒクヒクと過敏に震わせた。

そして甘酸っぱい息を嗅ぎながら、うっとりと快感の余韻に浸り込んだ。

「ね、これ一回きりじゃ名残惜しいよ。これからも何度も会いに来て。時間は自由になるでしょう……」

激情が過ぎ去ると、登喜男は急に寂しさに襲われて言った。

「ダメよ。使命を終えれば、もう自由にはならないの」

恵夢も荒い呼吸を繰り返しながら答えた。

未来に帰り、あの奇妙な腕時計を返してしまったら、もう勝手には過去に戻れないのだろう。

やがて呼吸を整えると、恵夢はティッシュの箱を引き寄せ、そろそろと股間を引き離していった。

そしてペニスを優しく拭き清めてくれた。

自分の方は、すでに全て吸収してしまい、拭く必要もないのだろう。

「まさか、これで命中したとか？」

「それはないわ。もうあなたが孕ませる相手は未来の奥さんだけよ」

恵夢は身繕いをして言い、机にあるパソコンのスイッチを入れた。

「またそこから帰るの？」

「ええ、じゃ元気で。自分の力で未来を切り開いてね」

恵夢が笑みを向けて言うと、あとは未練もなく画面の中に身を投じていった。

「恵夢、有難う……」

登喜男も起き上がって言ったが、すでに画面は元に戻っていた。

（ああ、行っちゃった……）

登喜男は思い、全裸のままマウスを握って起動画面を少しいじってみたが、もう何の変化も起きなかった。

もちろん室内に、恵夢の忘れ物などない。彼女の恥毛一本落ちておらず、残っているのは登喜男のペニスを拭ったティッシュだけだった。

登喜男は胸に穴が開いたような寂しさに襲われたが、同時に眠気が襲ってきた。

そういえば、時を飛び越える時に一瞬気を失うが、ちゃんとした睡眠はずいぶん取っていなかった気がする。

やがて登喜男は小さく溜息をつき、灯《あか》りを消して万年床に潜り込むと、たちまち眠り込んでしまったのだった。

7

(あれ？　どの問題も簡単に解けるぞ……)

翌日、登喜男は受験勉強に戻って参考書を開いてみたが、どの教科もみな易しく感じられたのである。

(もしかして恵夢が……)

彼は気づいた。

恵夢の体液を吸収すると、様々な情報が得られた。その中には過去の予備知識のみならず、多くの学問の内容も入っていたのかも知れない。

恵夢が、大学も受かるし将来も安泰と言ったのは、このことだったのだ。

しかも彼女の体液には、健康に関する成分も含まれていたのだろう。登喜男がトイレで大量に排泄《はいせつ》するたび、全身の贅肉《ぜいにく》までが減っていったのである。

過去の世界では、色白で小太りな身体《からだ》つきは富の象徴のように思われ、多くの女性に好意を寄せられたが、彼は数日間で引き締まった体型になり、簡単に筋肉もついてくるようになっていた。

さらに、恵夢の体液の情報には武道やスポーツの秘伝やコツも含まれ、頭脳明晰《めいせき》のみならず何でも出来そうな気になってきた。

登喜男は、見違えるように精悍《せいかん》になった自分の姿を鏡で見て、やがて外に出た。

バッティングセンターがあったので、初めて体験してみると、全て打ち返すことが出来、しかも打球は全てネットに付けられた的に命中した。

(わあ、すごいな。スポーツ万能かも知れない……)

登喜男は爽快感に包まれ、そのまま久々に予備校に行った。

授業を受けても、実に何でも頭に入り、それ以前に全て知っていることばかりのような気がした。

こうなると入試が待ち遠しい。もちろん願書は、今まで希望していた大学ではなく、最高のレベル一本に絞った。

帰り道、登喜男は駅前の本屋で少し立ち読みしてからアパートへ向かおうとした。

（さあ、今日は久しぶりに自分で抜こう）

恵夢に会えないのは寂しいが、多くの女性たちとの思い出がある。それらを一つ一つ振り返って、久々にオナニーしようと思ったのだった。

そのとき、彼はすれ違った女性の顔を見て思わず声を出していた。

「え、恵夢……？　いや、小百合さん？」

言うと、彼女も何事かと振り返り、小首を傾《かし》げた。

見たところ、登喜男と同じぐらいの歳格好《としかっこう》の、少女の面影を残した美女である。

恵夢に似ており、そして小百合にも似て、過去に抱いた全ての女性たちにも似ている気がした。

「何か？」

彼女は、愛くるしい顔で訊いた。警戒心はなく、彼女もまた登喜男に離れ難い雰囲気を感じたのかも知れない。

「前に、会いましたかしら？」

彼女が言う。

「違ってたらごめんなさい。ひょっとして、沖野乃梨子さんのお孫さん？」

「そうです！」

登喜男の言葉に、彼女が顔を輝かせて大きく頷《うなず》いた。

どうやら、彼女は乃梨子の孫、すなわち登喜男の曾孫《ひまご》娘だったのだ。

「どうして祖母を？」

「ええ、ずいぶん前に会ったことがあるんです。あなたのお母さんは、アメリカに留学していたことがあって」

「はい、そうです。私は恵美子《えみこ》ですが」

「僕は、川越登喜男。十九歳の浪人です」

彼は、律儀に自己紹介した。

恵美子も初対面で彼に心を許したように、一緒に歩きはじめた。

話すと、恵美子も浪人一年生の十九歳。この近所のハイツで一人暮らしをしているようだった。

してみると乃梨子の娘は晩婚で、三十代で恵美子を生んだことになる。

「うちへ来ますか。母や祖母の写真がありますので、何だか詳しくお話を聞きたくなりました」

恵美子が言ってくれ、もちろん断る理由もなく登喜男はついていった。

五分ほどでハイツに着き、登喜男は恵美子の部屋に招き入れられた。

玄関もキッチンも清潔に掃除されたワンルーム。奥の窓際にベッドがあり、手前に学習机と本棚。あとはテーブルとテレビなどが機能的に配置されている。

室内には、思春期の甘ったるい匂いが悩ましく籠もっていた。

「いいのかな、初対面なのにお部屋に入れてもらって……」

「ええ、何となく、すごく安心できる雰囲気なので。もちろん男性をお部屋に入れたのは初めてです」

言うと、恵美子が答えた。

(じゃ、処女かも知れないな。そして、もし抱くことが出来たら、僕にとって唯一、現実の女性ということになる……)

彼は思い、股間を熱くさせてしまった。

それほど恵美子は魅力的で、今まで登喜男が関わった全ての女性の面影を宿しているのである。

やがて恵美子が甲斐甲斐《かいがい》しく紅茶を入れてくれ、彼はテーブルの席に着いた。

恵美子がアルバムを出し、開いてくれた。

「これが祖母の乃梨子、これは母です」

彼女が、順々に写真の顔を指して言う。

顔を寄せると、恵夢そっくりな甘酸っぱい息の匂いが鼻腔をくすぐった。

そして登喜男は、一人の老婆の顔に目を止めた。

「もしかして、これは小百合さん？」

「ええ！　なぜ知ってるんです？　曾祖母は九十近いけどまだ元気なんです」

恵美子が息を弾ませて言った。

「あるいは、風見織江さんや、東小路厚子さんの写真なんかも残ってないかな？」

「誰の事かしら。長野の家には古い写真もあると思います。でもどうして」

さすがに恵美子も、織江や厚子ほど古く、しかも姓が違えば分からないようだった。

「話せば長くなります。信じてくれるかどうか分からないけれど」

登喜男は言ったが、もちろん時間旅行したと言っても信じないだろうし、それぞれの女性とエッチして彼女が子孫だということを話すつもりはなかった。

「とにかく僕たちは、理屈を越えて運命の出会いをしたようです。これから未来を作りましょう」

登喜男は言いながら立って回り込み、彼女の肩を抱いて唇を寄せていった。

すると彼女も拒まず、彼の唇を受け止めてくれたのだった……。

初出誌
「特選小説」二〇一五年九月号～二〇一六年二月号
（「時空エロニクル」を改題）

実業之日本社文庫　最新刊

池井戸潤
仇敵
不祥事を追及して職を追われた元エリート銀行員・恋窪商太郎。彼の前に退職のきっかけとなった仇敵が現れた時、人生のリベンジが始まる！（解説・霜月 蒼）
い11 3

加藤実秋
桜田門のさくらちゃん　警視庁窓際捜査班
警視庁に勤める久米川さくらは、落ちこぼれの事務職員でありながら難事件を解決する陰の立役者だった。エリート刑事・元加治との凸凹コンビで真相を摑め！
か6 2

倉阪鬼一郎
からくり成敗　大江戸隠密おもかげ堂
人形屋を営む美しき兄妹が、異能の力をもって白昼に起きた奇妙な押し込み事件の謎と、遺された者の心を解きほぐす。人情味あふれる書き下ろし時代小説。
く4 3

平 安寿子
こんなわたしで、ごめんなさい
婚活に悩むOL、対人恐怖症の美女、男性不信の巨乳……人生にあがく女たちの悲喜交々をシニカルに描いた名手の傑作コメディ7編。（解説・中江有里）
た8 1

鳥羽 亮
妖剣跳る《ようけんおど》　剣客旗本奮闘記
血がたぎり、斬撃がはしる!!　大店を襲撃、千両箱を奪う武士集団・憂国党。市之介たちは奴らを探るも、逆襲を受ける。死闘の結末は!?　人気シリーズ第十弾。
と2 10

新津きよみ
夫以外
亡夫の甥に心ときめく未亡人。趣味の男友達が原因で離婚されたシングルマザー。大人世代の女が過ごす日常に、あざやかな逆転が生じるミステリー全6編。
に5 1

睦月影郎
時を駆ける処女
過去も未来も、美女だらけ！　江戸の武家娘、幕末の後家、明治の令嬢、戦時中の女学生と、濃密なめくるめく時間を……。渾身の著書500冊突破記念作品。
む2 4

森 詠
風神剣始末　走れ、半兵衛
日本一の剣客になりたいと願う半兵衛は、武者修行の旅先で幕府の金山開発にまつわるもめ事に巻き込まれ——著者人気シリーズ、実業之日本社文庫に初登場！
も6 1

矢月秀作
いかさま
拳はワルに、庶民にはいたわりを。よろず相談所長・藤堂廉治に持ち込まれた事件は、腕っぷしで一発解決。ハードアクション痛快作。（解説・細谷正充）
や5 1

実業之日本社文庫　好評既刊

睦月影郎
淫ら上司　スポーツクラブは汗まみれ
超官能シリーズ第1弾！　断トツ人気作家が描く爽快エロス。スポーツジムの更衣室やプールで、上司や人妻など美女たちと……。

む21

睦月影郎
姫の秘めごと
山で孤独に暮らす十郎。彼のもとへ天から姫君が降ってきた！　やがて十郎は姫や周辺の美女たちと……。名匠が情感たっぷりに描く時代官能の傑作！

む22

睦月影郎
淫ら病棟
メガネ女医、可憐ナース、熟女看護師長、同級生の母、若妻などと検診台や秘密の病室で……。病院官能小説の名作が誕生！（解説・草凪 優）
む23

安達 瑶
悪徳《ブラック》探偵
『悪漢刑事』で人気の著者待望の新シリーズ！　消えたAV女優の行方は？　リベンジポルノの犯人は？　ブラック過ぎる探偵社の面々が真相に迫る！

あ81

草凪 優
堕落男《だらくもの》
不幸のどん底で男は、惚れた女たちに会いに行く——。堕落男が追い求める本物の恋。超人気官能作家が描くセンチメンタル・エロス！（解説・池上冬樹）
く61

草凪優
悪い女
「セックスは最高だが、性格は最低」。不倫、略奪愛、修羅場を愛する女は、やがてトラブルに巻き込まれて——。究極の愛、セックスとは!?（解説・池上冬樹）
く62

実業之日本社文庫 む24

時《とき》を駆《か》ける処女《しょじょ》

2016年4月15日　初版第1刷発行

著　者　睦月影郎《むつきかげろう》

発行者　増田義和
発行所　株式会社実業之日本社
〒104-8233　東京都中央区京橋 3-7-5 京橋スクエア
電話 [編集]03(3562)2051 [販売]03(3535)4441
ホームページ　http://www.j-n.co.jp/
ＤＴＰ　株式会社ラッシュ
印刷所　大日本印刷株式会社
製本所　株式会社ブックアート

フォーマットデザイン　鈴木正道(Suzuki Design)

ISBN978-4-408-55290-3（文芸）